너섬남고
문예부

너섬남고
문예부

소년, 연극 무대로 빠져들다

한민규 글

🌾 보리

1부 신입
문예부원이
되다

처음 두드린 문예부

"양오중학교 짱 나와!"

고등학교에 입학하자마자 사흘 정도 지났을 무렵, 점심시간에 벌어진 일이다. 옆 반 학생이 '서열 정리'를 들이대며 우리 교실에 쳐들어온 것이다. 이게 무슨 만화에서나 나오는 행동처럼 보일 수 있겠지만 여의도에 있는 이 고등학교 학생들은 지역감정이 강했다. 학교 안에서 여의도파, 신길동파, 당산동파가 나뉠 정도였기 때문이다. 결국 내 뒷자리에 있던 학생이 벌떡 일어나 욕설을 뱉으며 말했다.

"왜? 붙자고?"

둘은 서로 다른 지역 출신으로 중학교에서 '짱'이라 불렸던 아이들이다. 둘의 대화는 얼마 못 가 싸움으로 이어졌다. 고등학교 생활 첫 주부터 이런 일을 보는 것도 싫었기에 그냥 모른 척하고 교실 밖으로 나가려는 순간, 의자 하나가 날아왔다.

'쾅.'

의자가 떨어지는 소리에 모두 놀란 듯 숨죽였다. 싸우던 학생들도 싸움을 멈추고 밖을 쳐다보았다. 그러자 인상이 험악해 보이는, 키가 190센티미터에 가까울 만큼 큰 학생이 들어왔다. 더군다나 그 학생은 반 삭발 머리였는데 보기만 해도 위협적이었다. 그런데 그 학생이 찬 명찰 색깔은 우리와 다른 빨간색이다. 그건 바로 2학년 명찰 색깔이었던 것이다. 그렇다, 그는 2학년 선배였다.

"진짜 시끄러워 죽겠네."

그 선배는 싸우던 학생 둘 앞에 서더니 갑자기 둘의 뺨을 찰싹 때렸다.

"한 번만 더 싸우면 그땐 진짜 죽는다."

"네……."

기세등등하게 서로 자기가 짱이라고 말했던 두 학생은 선배의 기세에 눌려 꿀 먹은 벙어리처럼 자기 자리로 돌아갔다. 그 선배가 나간 뒤 굉장히 싸늘한 공기가 이어졌다. 난 잠깐 스쳐 지나간 2학년 선배를 보며 굉장히 험악하게 생겼다고 생각했다. 간담이 서늘해질 지경이었으니 말이다.

그 일이 있고 일주일 정도 지났을 무렵 나는 방과 후 학교를 무심코 둘러보았다. 학기 초라서 학교 게시판과 복도 벽에는 동아리 신입 부원을 모집한다는 홍보물이 붙어 있었다.

그러다가 '문예부'의 신입 부원 모집 공고문에 눈이 갔다. 우선 공고문에 첫째로 강조한 '문학의 밤'이라는 행사에 마음이 끌렸다. 문예부는 축제 때 문학의 밤이라는 행사를 하는데, 학생들이 직접 쓴 작품 가운데 하나를 골라 연극 공연으로 올린다는 내용이었다. 또한 '장르 불문'이라는 것이 솔깃하게 와닿았다.

두 번째로 강조하는 내용에도 눈이 갔다. 문예부는 전통이 29년이며 아직까지도 29년이라는 역사를 자랑하듯 일 년에 한 번 역대 부원들이 모여 송년회를 한다고 한다. 또한 문예부가 교지도 편집하기 때문에 성공한 졸업생 선배들을 찾아가 인터뷰를 한다는 내용도 있었다. 학교가 소개하는 성공한 선배들은 어떤 사람일지도 굉장히 궁금했고 그들을 직접 만나 얘기를 들을 수 있다는 것이 솔깃했다.

마지막으로, 문예부원들이 일 년에 한 번씩 간다는 '엠티'에 대한 내용이다. 선배들이 다녀온 엠티 사진이 작게나마 흑백으로 나와 있는데 다들 표정이 즐거워 보였다. 무언가 말로는 표현하기 힘들 정도로 말이다. 분명히 노는 게 목적일 텐데도 사진 속 부원들 표정은 마치 올림픽 선수들이 금메달을 딴 듯한 느낌이 들 정도로 성취감이 짙었다. 인상적이었다. 어쩌면 이곳의 엠티는 노는 게 아닌 무언가 굉장한 것을 하는 시간일지도 모른다는 생각이 들었다. 도대체 여기는 뭐 하는 곳이길래 부원들이 저런 표정을 지을까.

한 번 문예부실에 가서 상담이라도 해 볼까 하는 마음에 발걸음을 옮겼다. 문예부실은 다행히 열려 있었다. 조심스럽게 문예부실로 한걸음 내딛자 부실에서 자기 할 일을 하던 사람들이 일을 멈추고 날 쳐다보았다. 그러자 컴퓨터 앞에 앉아 있던 선배 한 명이 긴장한 듯 아주 조심스럽게 다가오더니 입을 열었다.

"무슨 일로 오셨어요?"

"아, 신입 부원 모집한다고 해서요."

갑자기 부실에 있는 모든 사람들이 소리를 질렀다. 모든 사람들이라고 해 봐야 세 명밖에 안 됐지만, 함성은 마치 열 명 이상이 낸 소리만큼 부실을 가득 채웠다.

"안녕. 난 부장 허승수라고 해. 여긴 문예부원 동기들이야."

부장 선배의 미소는 아이처럼 해맑았다. 고등학생으로 보이지 않을 만큼 순수한 느낌마저 들었다, 마치 동화 속 어린 왕자처럼. 그래서 나도 모르게 부장 선배가 해 주는 문예부 소개에 넋이 빠졌다. 내용은 신입 부원 모집 공고문과 같았지만 이 어린 왕자 같은 선배에게 직접 들으니 더욱 믿음이 생겼다.

"어때? 우리 문예부?"

"정말 좋은데요."

"그럼 문예부원 할 거지?"

"네."

나도 모르게 말이 먼저 터져 나왔다.

그러자 갑자기 문예부실 문이 벌컥 열렸다. 또 다른 선배 한 명이 들어왔는데 방금 이야기를 밖에서 들었는지 날 보자마자 왈칵 껴안았다. 그런데 그 사람은 일주일 전, 우리 교실에서 서로 짱이라고 싸우던 학생들 뺨을 때리고 가, 모두의 간담을 서늘하게 만든 반 삭발 머리 선배였다. 그 선배의 이름은 '최동휘'였다.

이 선배는 그때와 달리 날 보자마자 마치 어린아이처럼 신입 부원이 들어왔다는 사실에 환하게 웃었다. 며칠 전에 내가 본 그 사람이 이 사람이 맞는데 하며 거리감이 느껴졌지만 문예부실에서는 밝은 그 선배가 싫지 않았다. 아니, 문예부 사람들 모두가 지나치게 밝은 것도 싫게 느껴지지 않았다. 오히려 '여기가 어떤 곳이기에 이렇게 사람들이 환하게 웃을 수 있는 것일까' 궁금했다. 어쩌면 문예부는 사람을 행복하게 만드는 곳일 수도 있겠다.

"문예부 들어올 거지?"

동휘 선배는 날 보고 한 번 더 물었다. 이 말에 '아니, 조금만 더 생각해 보고 말씀드릴게요' 하고 말할 수 있었지만, 나도 모르게 본능적으로 '네' 하고 대답했다. 이 한 마디에 이미 난 문예부원이 되었고 이 이상한 집단에서 꿈을 향한 첫걸음을 내딛었다.

한밤중에 벌어진 한강 공원 낭독회

"문학의 밤은 어떤 행사예요?"

동아리 정기 모임 시간에 2학년 선배들에게 문예부 활동의 꽃이라고 불리는 '문학의 밤'이 어떤 행사인지 물어보았다. 이상하리만치 그때는 다른 어떤 것들보다 문학의 밤이 끌렸다. 뭔가 멋스러워서였을까.

"말도 마. 문예부가 문학의 밤만 없으면 참 좋은 곳인데……."

하지만 동휘 선배는 표정을 찌푸리고는 얼버무리듯 말했다.

"왜요?"

내가 묻자 동휘 선배는 문예부실 구석에 있는 서랍장을 가리켰다. 그 서랍장에는 문예부원들이 29년 동안 쓴 원고들이 연도별로 들어 있었다. 내가 29기 문예부원이었으니 1기부터 28기까지 쓴 자료가 문예부실 서랍장에 거의 다 있는 셈이다. 그 자료들이 모두 보관되어 있다는 생각에 놀란 나머지 입이 떡 하고 벌어졌다.

그 뒤로 틈만 나면 문예부실 서랍장을 뒤져서 나보다 한참 위인 선배들의 원고를 훔쳐보곤 했는데 원고들을 읽으면 무언가 뭉클해졌다. 고등학교를 졸업한 지 거의 30년이 된 선배들의 원고가 세월이 흘러도 어느 한 곳에 남아 있다는 것은 말로 표현할 수 없을 만큼 묘했기 때문이다.

그 원고들을 읽으며 나는 한 번도 보지 못한 선배들이 '어쩌면 이런 매력을 가진 사람이겠구나' 하는 상상을 했다. 글을 읽으면 글쓴이가 어떤 사람일지 자연스레 상상되었고 어느새 이렇게 상상하는 것 또한 내 취미가 되었다. 세월의 흔적 속에 지금까지 남아 있는 여러 글들, 그리고 선배들이 문학의 밤 때 발표한 원고들이 새롭게 느껴졌다.

그렇게 졸업한 선배들의 원고를 읽던 어느 날, 문예부실 문이 '쾅' 하고 열리며 교복의 명찰 색이 다른 험상궂게 생긴 사람이 들어왔다. 이번엔 3학년 명찰 색이었다. 이 순간 나는 깨달았다. 왜 문예부에 처음 들어왔을 때 문예부원에 3학년 선배들은 없을 거라고 생각했을까. 3학년 선배가 들어오자 2학년 선배들이 벌떡 일어나 3학년 선배 앞에 한 줄로 모여 섰다. 3학년 선배는 신입 부원들을 보자마자 입을 열었다.

"신입생들?"

"네!"

"반갑다. 난 3학년 부장 재영이라고 해. 앞으로 잘 부탁해."

3학년 선배는 신입부원들과 한 명 한 명씩 악수했다. 재영 선배는 부드러운 말투와 달리 뭔가 강한 기운이 느껴졌다. 마치 '동물의 왕국'으로 치면 사자 같달까. 몸도 아주 단단해 보였고 목소리도 힘이 있었다. 그래서인지 무섭기만 하던 2학년 선배들도 그 선배 앞에서 마치 순한 양이 된 듯했다.

서로 소개를 간단히 끝내고 재영 선배는 2학년 선배들을 바라보았다. 재영 선배의 눈빛이 달라졌다. 갑자기 매서워졌다. 2학년 선배들도 잔뜩 긴장했다.

"2학년 부원들에게 물을게. 썼습니까?"

재영 선배의 말에 잠깐 동안 침묵이 이어졌다. 분명 방금 전까지는 말을 놓았는데 갑자기 말을 높이니까 뭔가 더 무서워졌다. 재영 선배는 목소리를 더 내리깔며 한 번 더 물었다.

"안 썼습니까?"

다시 침묵이 일자 재영 선배는 마치 영화처럼, 집어 던지려는 듯 잽싸게 의자 하나를 잡았다.

"쓸게요."

2학년 선배들은 위협을 느낀 듯 대답했다. 재영 선배는 숨을 고르며 말했다.

"쓰는 게 중요한 게 아냐. 어떤 마음으로 쓰느냐가 중요한 거야. 아무 생각 없이 쓰겠다고만 생각하면 너희들 글은 이 의자와 다를 바 없어."

자세히 보니 재영 선배가 집어 든 의자는 휘어져 있었다. 휘어
져서 사람이 앉지 못하는, 의자의 기능을 아예 하지 못하는 의자
였던 것이다. 어쩌면 이 말을 하려고 의자를 그렇게 잡았던 걸지도
모른다.

"문학의 밤 때 좋았잖아. 새로운 걸 느끼기도 했고. 근데도 아쉬
운 건 있었잖아. 그래서 다짐했던 것들이 있잖아. 그 다짐을 생
각해서 써 보라고. 생각 없는 행동은 아무것도 바꿀 수 없어."

재영 선배의 과격한 행동은 마치 조폭 영화가 떠오를 만큼 무서
웠지만 그 행동으로 느끼게 해 준 것은 무서움이 아닌, 문예부원의
마음가짐이었다. 문득 멋있어 보였다.

곧바로 2학년 선배들은 공책을 펼쳐 들고 무언가를 쓰는 시늉
을 했다. 알고 보니 그것은 문학의 밤에 낼 원고였던 것이다. 교내
문학의 밤은 해마다 9월에 있는 학교 축제 때 열리는 만큼, 적어도
5월 즈음에는 발표 대본을 완성해야 한다. 그러자면 3월 말부터는
부지런히 써야 했다. 2학년 선배들은 무언가를 써야만 한다는 사
실을 굉장히 부담스러워했다.

"다들 4월 중순에 졸업생 선배님들과 신입생 환영회 있는 거 알
지? 그때는 규환 선배님도 오시니까 그때까지 적어도 한 사람
당 열 장 분량으로 준비하자. 알았지?"

"네."

재영 선배가 문예부실을 폭풍처럼 휩쓸고 가자 2학년 선배들 표정이 어두워졌다. 하지만 나는 뭐랄까, 해야 할 목표가 생겼다는 묘한 설렘을 느꼈다. 처음으로 다른 사람에게 받은 목표를 이루고 싶었다. 물론 이 일을 부담스러워하는 2학년 선배들 앞에서 기쁜 내색을 할 수는 없었다. 또 가슴속 한편에는 '난 분명 잘 쓸 수 있을 거야'라는 근거 없는 자신감으로 가득 찼다. 왠지 내가 2학년 선배들보다 잘 쓸 수 있을 것 같았다. 아무튼 그날부터 틈만 나면 '내가 세상에 하고 싶은 진짜 나의 이야기'를 쓰기 시작했다.

3주가 지났다.

드디어 문학의 밤 예비 원고 쓰기를 마치고, 졸업한 선배들이 신입생들을 환영해 주는 날이 다가온 것이다. 난 신입생 환영회 전날까지 원고를 다듬느라 정신이 없었다. 그 원고는 일기처럼 쓴 나의 중학교 시절 이야기였다. 선배들을 기다리는 시간은 긴장감의 연속이었다. 우리는 원고를 저마다 자기 품 안에 들고 있었다.

"졸업생 선배님들이 오시면, 바로 인사하고 원고 읽을 거니까 다들 그렇게 알고 있어."

재영 선배가 한 말에 마치 심사를 받는 사람처럼 긴장감이 더 커졌다.

2시가 되자마자 졸업한 선배들이 왔는데 이십 대 초반부터 삼십 대 중반까지 약 열 명 정도였다. 선배들이 정말 큰 어른으로 보였다. 짧은 인사를 나누고 1학년 신입생들과 2학년 선배들은 자기가 쓴 원고를 읽기 시작했다. 그런데 문학의 밤 원고를 쓰기 싫어했던 2학년 선배들이 쓴 글이 내 생각보다 훨씬 더 훌륭했다. 내가 가장 잘 쓸 것 같다는 생각은 건방진 생각이었다. 사람을 겉으로만 보고 판단한 것이다.

원고를 다 읽자 어느덧 5시가 훌쩍 넘었다. 선배들의 박수가 끝나고 가운데 앉은 선배가 입을 열었다. 삼십 대 중반인 그 선배 이름은 규환이었다. 오늘 온 선배들 가운데 가장 높은 기수로 인상이 부드러우면서도 지적으로 보였다. 마치 대학에 가면 이런 교수님이 한 명쯤 있을 것 같았다.

"올해 문학의 밤이 기대되는데……. 자, 그럼 못 다 한 이야기는 2차에 가서 얘기하자."

"네!"

규환 선배가 말하자 모두 힘차게 대답했고 그 대답 소리에 나도 모르게 덩달아 따라 외쳤다.

'2차에 가서 얘기하자는 건 무얼까?'

학교와 가까운 식당에 모여 밥을 먹자는 이야기인 줄 알았지만 우리가 도착한 곳은 여의도 한강 공원이었다. 거기에는 반원 모양의 야외무대가 있었다. 크기도 상당히 컸고 운치도 있었다. 이날부터 이 야외무대만 보면 '아, 이게 한강 공원이구나' 하는 생각이 들 만큼 야외무대가 한강 공원의 상징으로 느껴졌다.

'여기서 대체 뭘 하자는 거지…….'

조금 있으니 졸업생 선배들이 양손 가득 검은 봉지를 들고 왔다.

"지금부터 교복 상의는 가방에 넣고, 와이셔츠는 거꾸로 입어."

3학년 재영 선배는 우리를 보고 말했다.

교복 와이셔츠를 거꾸로 입으면 재봉선이 깔끔하게 되어 있어 마치 회사원이 입는 줄무늬 와이셔츠처럼 보였다. 그렇게 재학생들이 옷을 바꿔 입으니 멀리서 보았을 때는 학생이 아닌 회사원 같은 착각이 들 정도였다. 그리고 나서 졸업생 선배가 검은 봉지에서 무언가를 꺼냈는데…… 그것은 페트병 소주와 맥주, 새우깡을 비롯한 여러 과자들이었다.

대학생이 되어서 할 법한 환영회가 고등학교 동아리에서 열린 것이다. 하지만 우리에게는 술을 마구 따라 주지 않았다. 괜스레 다행이다 싶으면서도 뭔가 아쉬운 마음이 뒤섞였다. 이때 졸업생 규환 선배가 벌떡 일어나 말했다.

"자, 오늘은 문예부원 모두 다 하나가 되는 날이니만큼, 그 의미를 위해 모두 딱 한 잔만 마시자. 더도 말고 딱 한 잔만. 이 한 잔은 술이 아닌 사랑이며, 의리이며, 문학의 영혼이니까."

이 한 잔의 의미를 이렇게 자연스럽게 말할 수 있다는 게 멋있었다. 그래서 술잔을 받았는데, 선배들이 말한 한 잔은 소주 종이 컵 한 잔, 맥주 종이컵 한 잔, 포카리스웨트 종이컵 한 잔을 연달아 한 번에 마시는 것이었다. 선배들은 그걸 '삼배주'라고 말했다.

"첫 잔인 소주가 '문학의 영혼'이고 두 번째 맥주는 '사랑'이며, 세 번째 포카리스웨트는 '의리'라고 해서 삼배주야."

동휘 선배는 자부심을 보이며 말했다.

"근데 이게 다 합쳐서 한 잔인 거죠?"

"응."

"못 먹겠으면 나한테 몰래 넘겨."

동휘 선배는 날 도와주듯 말했지만 그러기에는 자존심도 상했고 나도 도전을 해 보고 싶어 마시겠다고 했다. 머릿속으로는 절대 취하지 않을 거라며 나름대로 강인한 이미지를 보여 주겠다고 마음먹었다. 마침내 졸업생인 규환 선배가 잔을 들었다.

"우리 29년 전통의 문예부 9기 선배로서 오늘 내가 하고 싶은 말은 딱 하나야. 29기 신입 부원 민규, 문수, 성택이 모두 문예부에 들어온 거 진심으로 축하해. 앞으로 문예부에서 많은 기적들을 보게 될 거야. 오늘은 너희들이 문예부에서 겪을 기적의 예고편이거든. 자, 그럼 우리 신입 문예부원들의 진짜 기적을 위하여!"

"위하여!"

모두 덩달아 외치고 한 번에 술잔을 들이켰다. 나도 한 번에 마시려는 찰나, 갑자기 심장이 두근거렸다. 술을 처음 마셔 보기 때문이었다. 게다가 술은 어른에게 배우는 거라던 할아버지 말씀이 갑자기 떠올랐다. 지금은 그걸 배우는 날이라고 생각하며 눈을 딱 감고 벌컥 들이켰다. 술을 마시고 나니 괜스레 기분이 좋아지고 한강에서 보는 저녁 풍경까지 아름답게 느껴졌다.

그러고 나서야 졸업생 규환 선배가 우리에게 새로운 미션을 하나 줬다.

"자, 지금 그 기분으로 아까 읽은 원고를 다시 읽어 봐. 여기 한강 공원에 있는 사람들이 다 들을 수 있도록!"

규환 선배의 말과 함께 졸업생 선배들이 큰 박수를 쳐 주었다. 재학생들은 순서대로 한 명씩 원고를 읽어 나갔다. 그런데 학교 문예부실에서 읽던 느낌과 달리 저마다 감정이 올라온 듯 말들이 살아 있었다. 한강 공원의 야외무대 위에서, 자신감이 충만해진 상태와 아름다운 저녁 하늘 아래서, 그 옆을 지나는 사람들도 잠깐 멈춰 서서 우리를 바라봐 주었다. 마치 공연을 하는 것 같았다. 그 순간 무대, 배우, 관객이 다 존재했기 때문이다. 내 차례가 되어서 원고를 다 읽으니 지나다니는 사람들로부터 박수가 터져 나왔다.

이것이 진짜 공연은 아닐까 하는 착각이 들 정도였다. 물론 아무리 그래도 고등학생이 술을 마시는 것은 안 되는 일이지만 금기를 깨면서 내가 얻은 것은 바로 '낭만'이었다. 또, 우리가 마신 술은 딱 한 잔밖에 안 되기 때문에 제사상에서 부모님이 주는 한 잔과 무엇이 다르냐며 괜찮다고 생각했다.

즉흥으로 시작한 여의도 한강 공원 낭독회를 마쳤을 때 난 이미 다른 사람이 되어 있었다. 무대를 원하고, 글쓰기를 원하고, 이야기를 원하며, 문학의 밤만을 꿈꾸는 진정한 문예부원이 되어 있었다. 이렇게 고등학교 1학년 문학의 밤을 향한 여행은 시작되었다.

끝날 때까지 끝난 것이 아니다

　문예부 신입생 환영회와 한강 공원 낭독회가 끝나고 평범한 일상이 찾아왔다. 중간고사 때문이었다. 고등학생이라면 중간고사에 스트레스를 받아야 할 텐데, 나는 이상하게도 편안했다. 중간고사 준비를 한다는 핑계로 책상 앞에 앉아서 공부하는 척을 하며 문학의 밤 원고를 구상할 수 있었기 때문이다. 시험이 끝나면 하고 싶은 일도 생각해 봤는데 모두 문학의 밤과 관련된 내용이었다.

　그렇게 중간고사가 끝난 어느 주말이었다. 문예부실에서 2학년 선배들과 모여 야외 낭독회 때 썼던 원고들을 살펴보며 올해 문학의 밤에 발표할 작품을 이야기했다. 신입생 환영회와 재영 선배의 압박으로 의도치 않게 문학의 밤 원고를 많이 써 놓았기 때문에 다들 마음이 한결 가벼웠다.

　"이야, 이거 그냥 이대로 올려도 문제없겠다. 기왕 이렇게 된 거 쉬엄쉬엄하는 게 어때?"

　동휘 선배의 말에 모두가 동의하듯 고개를 끄덕였다. 그도 그럴 것이 한 달 전까지만 해도 29기 문예부 서랍장에 있는 원고가 20쪽밖에 안 되었는데 이제는 100쪽에 가까워졌기 때문이다. 문예부 2학년 부장인 승수 선배는 모두가 쓴 원고들 가운데 공통점을 찾아 이번 문학의 밤 주제를 '추억'이라는 열쇠말로 묶어서 발전시켜 보자고 했다. 마감 기한은 여름방학식 날이다. 방학식 전까지 대본이 완고되어야 방학 때 문학의 밤 연습을 집중해서 할 수 있기 때문이다.

나는 중간고사가 끝난 5월부터 7월까지 기말고사 일정이 또다시 다가오는데도 작업을 이어 나갔다. 공부하다가 드는 딴 생각은 그저 문학의 밤 원고뿐이었다. 게임을 하다가 드는 딴 생각도 문학의 밤 원고였다. 내가 왜 이렇게 문학의 밤 원고에 집착하는지는 몰랐지만 한 가지만큼은 확실히 알 수 있다. 이전까지 써 왔던 글들은 나만 읽으려고 쓴 글이었다면 이 글은 바로 관객들을 만나는 글이었기 때문이다.

두 달이라는 시간이 훌쩍 흘러 어느덧 여름방학 날이 되었다. 담임 선생님이 내일부터 방학이라며 종례 인사를 마치자 다른 아이들은 모두 다 잽싸게 학교를 떠났다. 방학하는 날에는 수업이 끝난 뒤에 학교에 남아 있는 학생들은 찾아보기 힘들었다. 남아 있는 학생이 있다면 바로 우리, 문예부원뿐이다.

정확히 낮 1시. 문예부원 1, 2학년들은 모두 문예부실로 모였다.

문학의 밤 원고를 마감하는 날이라 다들 홀가분한지 책거리를 하는 것처럼 들떴다. 우린 서로가 쓴 원고들을 보며 이대로 확정 짓자고 의견을 모았다. 5월에 한강 공원 낭독회를 하고 나서 다들 탄력을 받았는지 준비해 온 원고들 수준이 높았기 때문이다. 마침내 승수 선배가 흐뭇하게 웃으며 말을 했다.

"자, 지금 쓴 원고들로 가자. 앞으로 2주 동안은 푹 쉬고 주말에만 잠깐 모여서 연습하는 걸로. 오케이?"

부원들 모두 동의했다. 주말에 문예부실에 나와서 잠깐 연습하는 것 정도는 소풍이나 나들이로 느껴져 아무도 반대하지 않았다. 원고를 쓰는 건 날마다 앉아서 머리를 쓰느라 괴로웠지만 연습하는 건 직접 몸을 움직이기 때문에 놀이처럼 느껴졌다. 서로 수다를 떨고 집으로 가려는데, 승수 선배의 핸드폰이 울렸다. 23기 졸업생인 이호진 선배에게 연락이 온 것이다.

"승수야, 부원들 지금 다 모였니?"

"네."

"그럼 잠깐만 기다려. 지금 코앞이야."

다들 의아해하며 졸업생 선배가 오면 또 무슨 일이 생기려나 걱정 반 기대 반으로 쭈뼛거렸다.

얼마 뒤, 문예부실 문이 스르륵 열리며 졸업생 선배들 일곱 명 정도가 한꺼번에 들어왔다. 야외 낭독회 때 왔던 삼십 대 선배들은 없었고, 이십 대 초반부터 중반 정도 되는 선배들만 있었다.

"맛있는 거 먹으러 가자."

호진 선배의 말 한마디에 학교 옆 중국집으로 갔다. 중국집에서 짜장면과 탕수육, 그리고 팔보채까지 시키며 진수성찬을 맛보았다. 고등학교 1학년끼리는 중국집에 가도 짜장면만 먹었지, 탕수육을 먹는 일은 잔칫날이 아니면 힘들었고 팔보채는 구경조차 하기 힘들었다. 하지만 오늘은 무슨 땡 잡은 날인가 싶을 만큼 갖가지 요리에 탕수육과 팔보채를 보고 정신없이 먹었다.

나는 '방학식 때 졸업생 선배들이 이렇게 맛있는 것도 사 주는 전통이 있구나' 하는 생각에 괜스레 기분이 좋았다. 선배들과 밥을 먹으며 시시콜콜한 얘기를 나누었다. 선배들은 그저 우리를 보고 싶어서 온 거라고 생각해 안심하고 있었다. 그러다 갑자기 호진 선배가 정적을 깨고 말했다.

"내가 이번에 연출 지도 맡았다."

문예부는 예전부터 졸업생 선배 가운데 한 사람이 문학의 밤 연출 지도로 붙어 재학생들을 돕는 것이 전통이다. 그리고 이날 찾아온 호진 선배가 바로 이번 문학의 밤 연출 지도를 맡은 것이다. 서로 잘 부탁한다는 인사를 주고받은 다음 호진 선배는 표정이 사뭇 진지해지더니 입을 열었다.

"그래서 이번에도 추억이라는 주제로 문학의 밤을 하겠다고?"

'이건 뭐지? 어떤 상황인 거지? 이번에도라니?'

갑자기 머릿속이 복잡해졌다.

"아…… 네, 네……."

승수 선배는 긴장한 듯 더듬더듬 말했다.

"생각해 보니까 문예부가 19기부터 28기까지 줄곧 추억이라는 주제로 문학의 밤을 했어. 내가 어제 선배들을 만났는데 이번에도 또 추억이라는 주제로 문학의 밤을 한다고 하니까 선배들이 환장하더라고."

호진 선배는 우리 눈치를 잠깐 살폈다.

"그러니까 이번에는 말이야……. 다른 걸로 가자."

모두 침묵뿐이었다. 우리들은 서로 눈치를 살피다가 마치 합을 맞추기라도 한 것처럼 승수 선배를 쳐다봤다. 승수 선배가 용기 내 입을 열었다.

"저, 선배님. 그 말은 새롭게 다시 써야 한다는 건가요?"

"그래. 새로운 역사를 써 보는 거야. 우리가 그 주인공이 되어 보는 거야. 내가 책임지고 도와줄게. 어때?"

확신에 가득 찬 호진 선배의 눈빛에 우린 고개를 끄덕일 수밖에 없었다.

방학식 날 드디어 '완고'했다고 기뻐했지만, 역시 끝날 때까지 끝난 것이 아니었다. 주말에만 잠깐 나와서 소풍처럼 즐기려고 했던 문학의 밤은, 호진 선배의 말에 주 5일, 하루 여섯 시간 연습으로 바뀌었고, 이 여섯 시간은 세 시간 극작과 세 시간 낭독 연습으로 진행하게 되었다. 하지만 나는 이상하게도 아까 호진 선배가 한 말 가운데 인상적인 낱말이 머릿속에 내내 맴돌았다. 그건 바로 '새로운 역사'라는 말이다. 어쩌면 내가 '새로운 역사'를 쓸 주인공이 될 수도 있다는 생각에 다가올 시간들이 오히려 기다려졌다.

'문학의 밤아, 기다려라. 곧 새로운 역사를 써 줄게.'

함께 달리면서 찾았다

문학의 밤이라는 여정이 시작되고 우리는 보름 동안 소재를 찾기 위해 골머리를 싸맸다. 이전에 원고를 거의 완성했다고 생각해서일까, 완성 원고가 엎어진 뒤로는 시간이 흘러도 새로 쓸 소재는 떠오르지 않고 탁상공론만 계속될 뿐이었다. 그러던 어느 날, 연출 지도를 맡은 호진 선배가 우리에게 새로운 소재가 떠오를 때까지 체력 단련을 한답시고 운동장을 뛰게 하였다.

"머리로 해서 안 되는 것은 몸으로 풀어야 해. 몸이 굳으면 머리도 굳어. 근데 몸이 풀리면 머리도 풀리거든. 뛰다 보면 떠오를 거야."

우리는 보름 동안을 탁상공론만 하다 보내고 또다시 보름 동안 그저 운동장만 뛰었다. 문예부원들과 뛰면서 알게 된 건데, 문예부에서는 전통적으로 연습할 때 뜀박질을 해 왔다고 한다. 처음 열린 제1회 문학의 밤 때에는 무대 위에서 낭독하기 위한 기초 체력을 만들려고 뜀박질을 시작했지만, 시간이 지날수록 이 뜀박질에 새로운 의미들을 부여했다. 29년이 지난 지금, 우리에게는 이 뜀박질이 아이디어를 떠올리기 위한 몸부림인 것처럼 말이다.

"근데 언제까지 뛰는 거예요?"

"호진 선배가 호루라기를 불기 전까지."

내가 묻자 승수 선배가 답했다.

호진 선배는 우리가 뛰는 동안, 같이 뛰다가도 가끔 운동장 밖에서 우리를 보며 아이디어를 떠올렸다. 호진 선배는 우리가 준비했던 소재를 처음으로 돌려놓고 새로운 걸 하자고 했으니 그만큼 책임감도 컸을 것이다. 더군다나 문학의 밤은 문예부 행사 가운데 가장 큰 행사였기 때문에 졸업생 대표인 호진 선배는 더 큰 부담을 느꼈을 것이다.

그러던 어느 날, 호진 선배는 오늘은 기필코 소재를 뽑아내겠다는 다짐을 하고 왔는지 평소와 다르게 구령 소리에 힘을 주기 시작했다.

"하나, 둘, 셋, 넷."

이 소리가 높고 낮아지는 데에 따라 우리의 뜀박질도 달라졌다. 호진 선배의 구령 소리는 우리를 지옥으로 몰기도 하고 천국으로 몰기도 하면서 우리를 더 뛰게 만들었다. 그런데 이날은 조금 달랐다. 평소라면 우리가 결승선에 모두 들어오면 끝냈던 구령이 그날만큼은 계속 이어졌다. '언제 끝나지? 언제 끝나지?' 하는 생각이 들면서도, 구령 소리가 끊이지 않고 들릴 때마다 답을 찾을 때까지 멈추지 않겠다는 묘한 각오도 생기는 듯했다.

"하나, 둘, 셋, 넷."

낮이 저녁이 되고 우리가 해의 기운이 아닌 달의 기운을 받을 그 무렵, 여러 생각이 들었다.

'우리는 왜 계속 뛰는 걸까, 무엇이 채워지지 않아서일까? 그럼 그 무엇은 무엇일까? 호진 선배가 우리에게 바라는 건 뭘까? 어쩌면 호진 선배도 지금 답을 찾는 중일까?'

뛰고 있는 문예부원들 가운데 한 사람이라도 먼저 들어오면 우리의 뜀박질은 뫼비우스의 띠처럼 다시 되풀이되었다.

'뜀박질을 끝낼 방법은 무엇일까.'

오늘 무언가를 각오하고 온 것 같은 호진 선배 얼굴을 보고 처음에는 꼴찌로 들어가면 혼나는 건 아닐까 싶어 온 힘을 다해 뛰었다. 하지만 아무리 뛰어도 뜀박질을 끝내는 호루라기 소리는 들리지 않았다. 우리는 더 지독하게 '나만 꼴찌로 들어가지 않으면 된다'는 생각으로 뛰었다. 어느새 우리는 '개인주의 뜀박질'을 하고 있었다. 이번에도 호루라기 소리는 들리지 않았다.

그러다가 몸집이 컸던 내 동기 문수가 많이 지쳤는지, 우리와 한 바퀴 이상 차이가 났다. 우리가 문수를 한 바퀴 차이로 앞지르자 무언가 이상한 마음이 들었다. 우리는 동기인데도 서로가 일등을 하겠다는 생각으로 문수가 힘들어하는 것을 눈치채지 못했다. 우리들은 누가 먼저라 할 것도 없이 서로 눈을 맞췄다.

'그럼 이번에는 일등도 꼴찌도 없이 같이 들어와 보자.'

서로 말은 안 했지만, 눈빛으로 모두 다 이렇게 말하고 있었다. 그래서 1, 2학년 문예부원들은 문수와 속도를 맞춰 천천히, 아주 천천히 결승점에 다다랐다. 마지막 발걸음을 모두 다 맞춰 결승점을 밟았다. 그 순간, 호루라기 소리가 '휘리리릭' 하고 울렸다. 뜀박질이 끝난 것이다.

문학의 밤 연습을 시작한 지 어느덧 한 달, 이날까지 우리는 '원고 쓰기'보다는 호진 선배가 요구하는 '뜀박질'에만 집중했다. 뛰는 것이 처음에는 경쟁인 줄 알았는데 계속 뛰다 보니 느낀 것은 경쟁이 아니라, 의리 아닌가 하는 생각이 들었다. 그렇게 무조건 뛰기만 했던 훈련이 끝나자 호진 선배는 우리들을 모아 두고 입을 열었다.

"자, 이제 떠올랐어?"

순간 모두 다 멈칫했다.

'이것은 무슨 질문이지?' 하는 생각과 '무엇이 떠올라야 하지?' 하는 질문 두 가지가 우리를 괴롭혔다. 그러나 이 시간도 잠시뿐이었다. 내 옆에 서 있던 동기 성택이가 확신에 찬 듯 손을 들었다.

"떠올랐습니다. 우리가 이렇게 살면 안 된다는 것을요!"

이 말을 들은 순간, '이게 호진 선배가 요구한 답일까' 싶으면서도 왠지 정답인 것 같은 느낌도 들었다. 우리의 뜀박질에 대한 답은 우리의 행동으로 나온 것일지도 모른다. 마침내 호진 선배 입에서 '굿!'이라는 말이 튀어나왔다.

"자, 분명 우리는 지금 이 순간으로 배웠다. 우리가 하나라는 것을. 그래서 우리는 무엇을 써야 할까?"

이런 말도 안 되는 말들이 오가면서도 이상하리만치 그 순간에 우리는 무엇을 말해야 할지 알았다. 이제는 우리가 말하는 내용이 정답이라는 확신까지 가졌다. 이런 생각들이 들던 순간, 이미 내 입에서는 호진 선배가 바라는 답이, 그리고 우리가 확신하는 답이 나왔다.

"우정에 대해서 써야 합니다."

"왜?"

호진 선배는 흐뭇하게 웃으며 다시 한번 우리의 생각을 확인해 보려고 물었다.

"저, 저는, 달리면서 배웠습니다. 우정은 서로 이기려고 드는 승부가 아니라 서로 감싸 주는 것입니다. 이것을 사람들에게 알려 주고 싶습니다. 그래서 우정에 대해 쓰고 싶다는 생각이 들었고 이것을 느낀 우리가 써야만 한다고 생각합니다!"

내 입에서 이런 오글거리는 말들이 나와 버렸다. 하지만 오글거리는 말인데도 모두 다 내 말을 아주 진지하게 들어 주었다. 그러자 우리 문예부원들은 모두 저마다 생각하는 우정에 대해서 한마디씩 했다. 그 가운데 성택이가 하는 말에 모두 한 번 더 입이 떡하고 벌어졌다.

"우정은 하나의 단체를 만듭니다. 그 단체는 모이고 모여 한 나라가 됩니다. 우정은 역사입니다."

이것이 고등학교 1학년 학생이 할 말인가. 무슨 군대에서나 들을 법한 말이 아닌가. 그래도 그 순간 우리는 가슴이 찡했다. 평소에 오글거린다고 생각했던 이런 말들을 우리 모두가 다 내뱉고 있었다. 아주 진지하게. 그리고 이 말들은 우리의 가슴을 뜨겁게 만들었다. 어쩌면 오글거린다고 생각했던 이런 말들은, 우리가 '자신을 알아 가는 진지함'에 익숙하지 않아서이지 않았을까. 말이 사람을 만들 듯 우리는 저마다 진심이 담긴 진지한 말들을 뱉어 대며 그런 사람이 되어 가고 있었다.

호진 선배는 우리의 '뜀박질'에 박수를 보냈고, 29회 문학의 밤 소재는 '우정'으로 결정했다. 호진 선배가 우리에게 달리기를 시킬 때 미리 어떤 답을 정해 두지는 않았을 것이다. 어쩌면 오랫동안 선배들이 해 왔던 방식으로 지금 우리와 소통할 수 있기를 바라는 마음에 그 방법을 골랐을 거라는 생각이 든다. 그렇게 뜀박질을 하면서 호진 선배도 우리가 놓치고 가는 것이 무엇인지 느꼈을 테고 우리 또한 그것을 느꼈다.

 이제 문학의 밤까지 단 3주밖에 남지 않았다. 하지만 우리는 다시 처음부터 시작해야 하는데도 큰 성과를 낸 것처럼 문학의 밤을 잘 해낼 수 있다는 자신감에 가득 차 있었다.

뜻대로 되지 않은 축제 회의

뜀박질이 문학의 밤 준비 기간 중 거의 절반을 잡아먹게 되자 우리는 소재를 결정한 다음부터는 원고를 쓰는 데 집중했다. 문학의 밤까지 시간이 얼마 없었기 때문이다. 이때 호진 선배는 '문학의 밤 방향이 잡힌 만큼 앞으로는 너희들 시간이 중요하다'며 우리가 스스로 할 수 있게 해 주었고, 가끔씩 잘 하고 있는지 확인하러 오기로 했다.

29회 문학의 밤은 '영원한 우정'을 주제로 1학년과 2학년이 각각 이십오 분씩 나누어 하기로 했는데, 1학년들은 영원한 우정을 다룬 소설, 영화를 찾아보다가 〈굿바이 마이 프렌드〉를 보고 이 영화를 우리 시각으로 이야기해 보면 어떨까 생각했다. 결국, 이 작품을 각색해서 발표하기로 했다.

처음에는 분량을 나누어 각자가 자기 집에서 목표한 데까지 쓴 다음 다시 만나 서로 의견을 주고받았다. 작업 막바지에는 아예 문수 집에 모여 완고할 때까지 밤새도록 썼다. 문예부원이 된 지 반년 정도가 흘러서인지 서로 내공이 쌓여서 함께 힘을 합치니까 사흘 만에 뚝딱 원고 하나가 나왔다.

우리가 각색한 영화 〈굿바이 마이 프렌드〉는 1996년에 나온 영화로, 에이즈에 걸린 주인공 덱스터와 친구 에릭이 보여 주는 영원한 우정을 그리고 있다. 난 이 영화를 보면서 닭똥 같은 눈물을 흘렸다. 하지만 나뿐만이 아니었다. 성택이와 문수는 나보다 더 심하게 울었다. 그래서 우리는 이 영화를 바탕으로 에릭과 덱스터가 서로 전하지 않은 속마음을 독백 형식으로 각색했다.

전체 구성은 대사를 주고받는 장면 네 개와, 긴 독백 네 개였다. 우리 문예부원들은 참 대단하다. 1학년인 우리가 아는 연극의 매력은 독백이었는지, 저마다 두 쪽이나 되는 독백을 쓰고 외워서 무대에 올라 연기를 했다. 독백이 모두 네 개였으니, 독백만 따져도 10쪽 분량이고, 대사를 주고받는 장면 네 개는 모두 8쪽이다. 즉, 독백이 작품의 중심이었던 것이다.

우리는 자기가 쓴 독백을 사랑하다 못 해 영혼처럼 여겼다. 발음이 안 좋아도, 발성이 안 좋아도, 무대에서 걷는 것조차 못 하더라도, 마음만큼은 우리 모두 '셰익스피어'였다.

"맞아. 우리도 셰익스피어처럼 연기도 하고 연출도 하고 글도 쓰고 그러자."

이상하게도 이때는 이런 말을 내뱉으면서 전혀 낯간지럽거나 부끄럽지 않았다. 지난 뜀박질로 '진지함의 오글거림' 단계를 이미 넘어서서 그런지 이런 말을 할 때마다 힘이 생겼다.

문학의 밤을 준비하면서 1학년끼리 연극 공부도 조금씩 해 나갔는데, 재영 선배가 '연극을 알려면 셰익스피어부터 공부하는 게 좋다'고 한 말 때문에 셰익스피어부터 먼저 공부했다. 셰익스피어의 생애를 알아보면서 기억에 남은 것은 셰익스피어는 극작가이지만 연출가이기도 하면서 배우였다는 점이다. 우리도 문학의 밤을 준비하면서 쓰고, 연출하고, 배우로 무대에 오를 연기도 준비했기 때문인지 셰익스피어는 어느새 우리의 모토가 되었다.

"우리는 셰익스피어다!"

나는 지칠 때면 동기들에게 이런 말을 뱉었다.

"셰익스피어다!"

동기들도 내 말을 따라 했다.

"근데 참 이상한 게 이 말을 할수록 기운이 나는 것 같아."

"맞아. 없었던 기운까지 막 난다."

문수와 성택이도 점차 내 말에 빠져들고 있다는 게 기뻤다.

대사 연습에 한창이었을 때 학교 축제 위원회에서 동아리 회의가 열렸다. 승수 선배는 1학년도 대표로 한 명 참석해야 한다고 했다. 동기들 눈치를 살피다가 내가 손을 들었다.

"저요!"

다행히 동기들은 이런 데에 가는 것을 부담스러워하는 듯했다. 난 이상하게도 문예부의 중요한 일들을 하나하나 다 내 눈으로 보고 싶었다. 그만큼 문예부를 좋아하게 되었나 보다.

방과 후, 노을빛이 물들 무렵 학교 축제 위원회 동아리 회의가 시작되었다. 회의실로 바뀐 교실에는 온통 축제 현수막부터 축제 용품 들이 쌓여 있어, 회의 시작 전까지는 설레는 마음이 가득했다. 선생님들이 회의실로 들어오며 엄숙한 분위기로 바뀌었다.

모두 자리에 앉자 축제 운영을 맡은 선생님이 동아리별로 안내문을 하나씩 나누어 주었다. 안내문에는 축제 일정과 동아리별 지원금이 적혀 있었다. '문예부는 얼마를 지원받을 수 있을까' 생각하며 안내문을 쭉 살펴보았는데……. 문예부는 딱 '10만 원'만 적혀 있었다. 나와 승수 선배는 시간이 멈춘 것처럼 몸이 얼어붙었다. 지금까지 해마다 삼십만 원에서 사십만 원 정도를 지원받았는데 이번에는 왜 십만 원인지 이해할 수가 없었다.

안내문을 더 자세히 살펴보는데 더 놀라운 사실을 알게 되었다. 문예부의 문학의 밤이 이번에는 공연을 올리는 것이 아니라, 우리가 쓴 원고만 따로 제본해 배포하는 형식으로 바뀌어 있었다. 공연도 아니고, 전시회도 아니고, 그저 원고 배포였다.

"선배님……. 이거 잘못 나온 것 같은데요."

내가 할 수 있는 말이라고는 고작 이 정도였다. 그저 이 사실을 부정하고 싶었다. 그렇다면 지금까지 우리가 준비해 온 것은 어떻게 되는지, 이제껏 준비하면서 아무 말도 듣지 못했는데 갑자기 공연이 취소되고 원고만 배포한다니…… 무언가 가장 중요한 것을 빼앗긴 기분이었다.

동아리 회의가 끝나기 전에 승수 선배가 어떤 말이라도 선생님께 강하게 해 주기를 바랐다. 하지만 승수 선배도 그저 고등학교 2학년 학생일 뿐이어서 선생님 앞에서 무언가를 말하기는 힘들었다. 가뜩이나 그 선생님은 '호랑이 선생님'으로 유명한 분이라 더 말을 꺼내기가 어려웠다. 승수 선배는 무언가 말하고 싶지만 어떻게 말해야 할지 모르는 표정이었다. 오히려 어떤 말을 하면 문예부가 더 손해 보는 게 아닐까 무서워하는 표정 같기도 했다.

그렇다, 승수 선배의 표정은 평소 내 표정과 같았다. 지금 이 순간만큼은 승수 선배가 내 거울 같아 보였다. 그런데 참 이상한 것이 이번만큼은 난 예전 같지 않았다. 평소라면 절대로 말 못 했을 텐데…… 중학교 때만 하더라도 그저 주변에서 하라는 대로 살아 왔고 이런 일이 찾아와도 그냥 그런가 보다 하고 지나갔을 텐데…… 어느 순간 내가 달라져 있었다.

회의가 끝나 갈 무렵, 더 이상 질문이 없으면 끝내겠다는 선생님 말에 가슴이 쿵쾅거렸다. 여기서 아무 말도 못 하면 이대로 모든 것이 끝난다. '그럼 안 된다, 절대 안 된다. 처음으로 가슴 뛰는 일을 만났는데 시작도 못 하고 끝낼 순 없다.' 마음속 주문을 걸고 손을 번쩍 들었다.

"질문 있습니다!"

내 옆에 있던 승수 선배가 놀란 듯 날 쳐다봤다.

"어. 뭔데?"

선생님 말 한마디에는 '빨리 끝내야 하니 어서 말해라' 하는 압박이 담긴 것 같았다. 그런데도 난 신경 쓰지 않았다.

"문학의 밤 공연이 왜 없어졌는지 알고 싶습니다."

평소 소극적인 성격인 내가 너무나도 당찬 말을 해 버린지라 선생님은 이 아이가 자기가 알던 그 아이가 맞는지 모르겠다는 듯이 고개를 갸우뚱거리며 천천히 말문을 열었다.

"아……. 그거야 문학의 밤 공연을 해도 밴드부나 댄스 동아리처럼 관객이 많은 것도 아니고, 문예부인데 공연까지 할 필요가 굳이 있을까 싶네. 선생님들이 회의를 해서 가장 문예부다운 것은 글쓰기이니 원고만 배포하는 것으로 정했다."

무슨 말을 해야 이길 수 있을까……. 단 한 번도 어른을 이겨 본 적이 없었던 나는 '이번에도 어른에게 지는 건가' 하는 생각에 억울함이 밀려왔다. 하지만 문득, 지난번 문학 시간에 선생님이 해 준 말이 떠올랐다.

"시와 소설, 희곡은 세계 3대 문학 장르다. 시와 소설은 익숙할 수도 있지만, 희곡은 우리에게 익숙하지 않지. 음, 보니까 희곡이 뭐지 모르는 학생들도 있는 것 같은데 바로 연극 대본이라고 보면 된다. 희곡에는 시가 가진 함축적인 장점과 소설이 가진 서사의 장점 둘 다 있지. 그래서 재미있고 감동적인 희곡들이 아주 많아. 교과서에서는 잘 나오지 않는 게 유감이지만.”

갑자기 할 말이 생겼다. 문학 선생님이 유감이라고 했던 그 말에 강한 영감을 받은 듯 입이 열렸다.

“연극도 문학 아닌가요?”

“뭐?”

선생님은 살짝 당황한 듯, 입술을 질끈 깨물었다. 하지만 난 더욱 강하게 말했다.

“희곡도 문학이잖아요.”

잠깐 정적이 흘렀다.

“그렇긴 하지.”

너무도 짧게 말을 끝내는 선생님의 태도는 내 의견을 누를 무기를 준비하는 모습 같았다. 그래서 나는 더 생각할 틈을 주지 않고 바로 입을 열었다.

“선생님, 저희는 낭독을 하는 것이 아니라 연극을 하는 겁니다. 저희는 지금까지 연극 준비를 해 왔어요.”

그러자 승수 선배도 옆에서 내 말을 거들었다.

"맞아요. 그리고 연극도 밴드부나 댄스 동아리처럼 공연을 하는 겁니다."

나와 승수 선배의 말이 끝나자 정적이 흘렀다. 처음에는 말실수한 건 아닌가 하는 걱정도 들었지만 묘하게 내 말이 먹힌 듯했다. 그도 그럴 것이 선생님 눈동자가 불안하게 흔들렸다. 하지만 내 기대와 달리 선생님의 대답은 똑같았다.

"그래도 선생님들이 의논해서 결정한 거라 올해는 원고를 제본 떠서 나눠 주는 정도로 하렴. 또 원고를 이렇게 직접 나눠 주는 것도 처음이잖니. 거기에 더 의미를 갖자고. 이 돈으로 다 할 수도 없고……. 대신 내년에는 연극을 하게 해 줄 테니까."

선생님은 너무도 비겁하게 자기 할 말만 딱 하고 이야기를 정리했다. 모두가 자리를 떠나는 순간까지 난 어떻게 하면 선생님을 설득할 수 있을까 고민했다. 하지만 선생님도 어떻게든 이 자리를 빨리 떠야겠다는 생각에 걸음을 옮기고 있었다. 그때였다. 내 눈에 아까 나눠 준 안내문에서 새로운 정보가 보였다.

"선배님, 잠깐만요. 근데 이거 원고를 나눠 주는 장소가 시청각실이네요."

"뭐라고?"

시청각실은 예전부터 문학의 밤 공연을 해 왔던 장소다. 원고를 배포하라고 했는데 장소는 그대로라니, 갑자기 머리 회전이 빨라

지기 시작했다. 시청각실은 밴드부와 댄스 동아리 공연이 끝나고 나면 두 시간이 빈다. 축제가 끝나는 시간은 저녁 8시니까 6시부터 삼십 분 준비하고 한 시간 공연하고 삼십 분 동안 뒷정리를 한다면 얼추 시간을 맞출 수 있을 것 같다는 생각이 들었다. 승수 선배도 나랑 같은 생각을 했는지, 회의실 문을 나가려는 선생님에게 급히 다가갔다.

"선생님, 그럼 우리가 원고를 배포하는 방식은 자유롭게 해도 상관없죠?"

"자유롭게?"

선생님이 놀란 표정으로 물었다.

"네. 자유로운 형식으로요!"

승수 선배의 말에 나는 입이 떡 하고 벌어졌다. 어떻게 저런 생각을 했지!

"그러니까 원고는 나눠 주겠다는 거지?"

"네! 그게 목적입니다."

"음……."

우리는 연극을 하면서 원고를 나눠 줄 생각이었다. 선생님도 우리가 무슨 생각을 하는지 아는 것 같았다. 선생님은 고민에 빠진 얼굴이었다. 아무 말도 없이 시간이 흘렀다. 조금만 더 마음을 열게 한다면 허락할 것 같은데, 선생님은 다시 안 된다는 듯 고개를 절레

절레 저었다. 그 모습에 나와 승수 선배는 정말로 안 되는구나 싶어 포기하려고 했다. 그런데 문밖에서 누군가의 목소리가 들렸다.

"선생님."

고개를 돌려 보니 재영 선배가 환하게 웃으며 서 있었다.

"어, 그래. 뭔가?"

선생님은 재영 선배를 보자 인상이 조금 편해졌다.

"아까 수업 중에 인습이 아닌 전통 계승은 그 무엇보다도 중요하다고 한 선생님 말씀이 아주 인상 깊었습니다."

"어허. 고맙네. 그래서?"

갑자기 재영 선배가 왜 저런 말을 하는지 도통 이해가 되지 않았다.

"문예부 27기 선배로서, 오늘 이야기를 알고 마음이 많이 아팠습니다."

"아, 재영이도 문예부였어?"

"네, 그렇습니다."

재영 선배가 문예부라는 사실에 선생님 태도가 달라졌다. 이제서야 재영 선배가 왜 저런 말을 했는지 이해되었다.

"그래서 마음이 왜 아팠니."

"저희 문예부는 29년 동안 너섬고등학교 대강당과 본관 하나밖에 없던 창립년도부터 모든 문학 장르를 부원들이 창작하여 축제 때 대강당을 지켜 왔습니다. 문학의 밤은 너섬고등학교에서 열린 첫 번째 공연이었습니다. 문예부가 공연을 지켜 왔기에 대중예술 동아리들 공연까지 생겨날 수 있었습니다. 하지만 이젠 대중예술 동아리 영향으로 이 자리를 지켰던 문예부의 전통이 완전히 사라지는 게, 우리 고등학교에서 순수문학이 점점 자리를 잃어 간다고 느껴집니다. 저는 이것이 전통 계승이 중요하다는 선생님께서 바라는 길은 아닐 거라고 봅니다."

선생님은 재영 선배의 말에 아무런 대답도 하지 못했다. 재영 선배의 말은 논리정연했으며 예의 바르고, 진정성이 있었다.

"나도 그렇긴 해. 하지만 다른 선생님들이 갑자기 이렇게 정해 버려서."

"문예부의 문학의 밤이 어떤 전통인지 소통만 된다면 선생님들 모두 동의해 주실 거라고 생각합니다. 전통 계승을 할 수 있도록 한 번만 기회를 주십시오. 정 안 된다면 제가 선생님을 한 분 한 분 다 만나 보겠습니다."

"재, 재영아……."

"저는 지금 29년 문예부를 대표해서 이 자리에 와 있습니다. 부탁드립니다."

선생님 눈동자가 불안하게 흔들렸다. 재영 선배가 지금껏 선생님들에게 얼마만큼 신뢰가 있었는지 이런 반응으로도 잘 알 수 있었다.

"아, 근데 지난해처럼 관객이 없으면 나도 말하기가 눈치가 보여서 말이지."

"이번에는 반드시 가득 채워 볼 테니 한 번만 기회를 주십시오."

"그럼 대신 둘 다 해야 돼. 원고도, 공연도. 괜찮겠어?"

"물론이죠."

"지원비도 더 못 올려 줘. 그래도 괜찮겠어?"

"물론입니다."

"알았어, 내가 잘 말해 볼게."

"고맙습니다!"

선생님을, 어른을 설득할 수 있는 학생이라니……. 말도 안 됐다. 태어나서 처음 보는 모습이었다. 알고 보니 재영 선배는 전교에서 늘 5등 안에 들었던 모범생이지만, 한자 영재로 학교의 명예를 아주 많이 드높였던 학생이었다. 그래서 선생님들에게도 신뢰가 있었다.

문예부실로 돌아오는 길에 재영 선배가 나와 승수 선배의 어깨를 어루만지며 다독여 줬다.

"고생했어."

"아뇨, 선배님이 더 고생하셨는데요."

"맞아요. 선배님 없었으면 정말…… 큰일 났을 것 같아요."

승수 선배와 내가 말했다.

"내가 안 했어도 아마 다른 졸업생 선배들이 찾아와서 했을 거야. 29년 전통이 사라진다는 걸 누가 좋아하겠어? 난 선배라서 당연히 해야 할 일을 했을 뿐이야. 자, 그럼 홍보는 부탁할게."

"네!"

재영 선배는 정말 선배 같았다. 어쩌면 후배들을 위해 누군가와 이기기 힘든 싸움도 할 수 있는 게 선배의 역할일지도 모른다고 생각했다. 나중에 알게 된 사실이지만, 동아리 회의에서 우리가 안내문을 보았을 때쯤 재영 선배는 승수 선배한테 어떻게 되었냐고 문자로 연락해 이 사실을 알고 곧바로 뛰어 왔다고 했다.

방과 후 저녁 6시가 되었을 때 모든 문예부원이 모였다. 부원들은 하나같이 어떻게 되었냐고 우리에게 물었다. 승수 선배는 날 히죽 보더니 환히 웃으며 입을 열었다.

"이번 문학의 밤은, 시청각실에서 공연하며 관객들 모두에게 원고를 나눠 주면 될 것 같아."

"진짜?"

"그렇지? 민규야."

"네!"

"이야, 난 이번에 장소가 바뀌면 어쩌나 걱정했는데. 잘됐네!"

우리 말을 듣자 동휘 선배가 웃으며 대답했다. 시청각실은 학교에서 조명기기 같은 게 조금이나마 설치된 유일한 곳이라 공연을 하기에 가장 좋은 무대였다. 이 틈을 놓치지 않고 내가 또 한마디를 더 거들었다.

"대신 지원금을 많이 못 받아서 우리가 더 걷어야 해요. 부원마다 오만 원씩 보태자고요."

오만 원은 고등학생한테 한 달 용돈과 버금가는 큰돈이었다. 힘든 일일 텐데도 아무도 고민하지 않고 모두 흔쾌히 동의했다. 이때 느꼈다. 그만큼 우리 모두에게 이 '무대'가 그 무엇보다 소중하다는 것을.

이때, 무언가 생각이 빗발쳤다. 동아리 회의 때 담당 선생님이 한 말이 머릿속에서 맴돌았다. '문예부는 공연을 해도 사람이 없다'는 그 말이. 나는 관객들을 가득 채울 만한 홍보 방법을 반드시 찾겠다고 마음먹었다. 동아리 담당 선생님을 설득하는 일을 포기하려고 한 나 스스로가 미웠기 때문이다. 포기하면 아무것도 일어나지 않는다. 어쩌면 아무것도 일어나지 않을 법했던 것을 재영 선배가 도와줘서 할 수 있게 되었다.

그렇다면 이제부터는 진짜 우리 힘으로 해내야 한다.

다시 시작한 야외 낭독회

어느덧 문학의 밤이 5일 앞으로 다가왔다. 우리는 어렵게 지킨 문학의 밤을 성공시키려면 관객이 많아야 하고 관객들에게 축제 분위기를 느끼게 해 줘야 한다는 목표를 잡았다. 또 지난번에 문예부의 문학의 밤은 늘 관객이 없지 않냐며 비아냥거렸던 선생님의 코를 납작하게 만들어 주고 싶었다. 그래서 첫 번째도 관객, 두 번째도 관객, 세 번째도 관객이라는 목표로 우리는 비장의 홍보 방법을 찾기 시작했다.

한 번은 내가 동휘 선배한테 물었다.

"선배님, 지난해 문학의 밤 공연은 관객이 얼마나 왔어요?"

평소 자신감 넘치던 동휘 선배가 머리를 긁적이며 기어가는 목소리로 말했다.

"서른 명 정도……."

서른 명이라, 한 달 공연하는 것도 아니고, 딱 하루, 한 번만 하는 건데 서른 명이라니……. 문예부원들의 부모님과 친구 몇 명만

와도 그 숫자는 나올 텐데……. 비참했다. 더군다나 시청각실은 관객이 앉을 수 있는 자리가 300개나 있으니, 객석 점유율은 10퍼센트 정도밖에 안 된다. 그러면 우리 고등학교에서 가장 인기 있다는 밴드부는 과연 몇 명 정도 오는 걸까.

"그럼 밴드부는요?"

동휘 선배는 갑자기 기분이 안 좋아진 것처럼 아예 내 눈을 피한 채 말했다.

"거긴 항상 꽉 차."

말을 끝내고 재빨리 부실로 들어가는 동휘 선배 뒷모습이 왠지 씁쓸해 보였다.

"근데, 왜 안 찰까요?"

"사람들은 순수예술보다 대중예술을 더 좋아하니까."

내가 묻자 승수 선배가 대답했다. 그때 처음으로 우리가 하는 문학의 밤이 순수예술이라는 것을 깨달았다.

다음 날, 문학의 밤 포스터가 도착했다. 우리는 학교를 오가는 길거리에다 포스터를 잔뜩 붙였다. 이건 누구나 다 하는 홍보 방법이기 때문에 특별할 수 없다. 똑같이 홍보해도 관객들은 대중예술에 더 눈길을 주기 때문에 문예부의 문학의 밤이 대중예술보다 더 재미있다는 확신을 심어 줘야만 했다.

"야, 포스터 봐라. 이거 사람 오겠냐?"

포스터를 다 붙여 갈 즈음 동휘 선배가 한마디 했다. 우리는 주춤했다.

"그, 그래? 이 포스터 의외로 멋지지 않냐? 우리 정체성도 딱 보이고, 안 그래?"

승수 선배가 어떻게든 만회를 해 보려고 했지만, 오히려 이 말에 아무도 대답을 하지 못했다. 상황은 더 뻘쭘해졌다.

그도 그럴 것이 '문학'이라는 낱말이 포스터에 크게 적혀 있어서 너무 돋보이는 것이 대중들의 눈길을 끌지 못할 것 같았다. 포스터도 학교 둘레에 붙일 수 있을 만큼 다 붙였고 또 다른 홍보 방법은 떠오르지 않았다. 우리는 모두 얼음이 된 듯 누가 뭐라고 말을 할 때까지 아무 말도 하지 못했다.

동휘 선배가 우리 기분을 눈치챘는지 또 한마디를 꺼냈다.

"기분도 꿀꿀한데 한강이나 갈까?"

고민할 겨를도 없이 여의도 한강 공원으로 갔다. 노을빛으로 물든 한강이 무언가 아련하면서도 힘이 빠진 듯했다. 마치 우리 문예부원들처럼 말이다.

하지만 우리들은 한강 공원에서 낭독회를 했던 특별한 추억이 있기 때문에 여기에 오면 위로를 받을 수 있을 것만 같았다. 무언가 기대하고 왔지만 공원에 와서도 다들 시무룩하게 앉아만 있었다. 그러다가 성택이가 말을 했다.

"그때 여기서 낭독회 할 때는 사람이 많았는데……."

다들 이 한마디를 대수롭지 않게 흘려보냈다. 그 순간 나는 입을 다물지 못했다. 그 특별한 추억이 지금 우리에게 닥친 문제를 헤쳐 나갈 수 있는 답이다. 무언가에 홀린 것처럼 벌떡 일어났다.

"해요!"

날 의아하게 쳐다보는 선배들과 동기들. 의아함에서 생긴 몇 초 동안의 정적이 흘렀다.

승수 선배가 물었다.

"뭘?"

생각할 겨를도 없이 말은 거침없이 입 밖으로 터져 나왔다.

"낭독회요! 거리 낭독회를 하자고요! 저번에도 지나가던 사람들이 우리를 봤잖아요. 박수받았잖아요, 그때 좋았잖아요. 그러니까 여기저기 돌아다니면서 우리 작품 가운데 주요 장면만 보여 주자고요. 우리가 이번 주 토요일 저녁 6시에 공연한다는 것도 알리면서요. 네?"

또다시 정적이 흘렀다. 이런 홍보는 어른들도 하는 것을 잘 못 봤기 때문에 나올 수 있는 침묵이라고 생각했다. 하지만 우리는 분명 무언가에 홀렸다. 아니, 미쳤다. 늘 침착한 승수 선배가 떨리는 목소리로 물었다.

"그러니까 그걸 어디서 하자는 거야? 한강에서 하자는 거야?

아니면 그냥 아무 거리에서?"

난 이 말이 나쁜 느낌으로 다가오지 않았다. 엉뚱한 말 같은 내 의견에 절반은 찬성한 거나 다르지 않다고 느꼈기 때문이다.

이때 동휘 선배가 치고 들어왔다.

"뭘 어디서 해? 사람 많은 곳에서 하면 되지. 옆에 너섬여고 있잖아. 거기서 등교 시간에도 하고 하교 시간에도 하고, 그러면 많이 보지 않겠냐?"

또 한 번 말을 하려는 순간, 이번에는 옆에 있던 문수가 치고 들어왔다.

"많이는 보겠죠. 근데 쪽팔리지 않을까요?"

"그때는 안 쪽팔렸냐?"

거침없는 동휘 선배의 대답에 문수는 쥐 죽은 목소리로 점점 기어가듯 말을 꺼냈다.

"쪽팔렸죠. 처음에는……."

'처음에는'이라는 말에 무언가 더 있을 것 같았다. 숱한 굶주림의 시간 끝에 먹이를 찾은 늑대처럼 이번에는 내가 말했다.

"처음, 그다음에는?"

다시 또 이어지는 정적. 하지만 정적 속에 문수의 얼굴은 차츰 환하게 바뀌었다.

"그다음에는…… 좋았지."

이 말 한마디에 우리는 하나가 된 듯 어느새 얼굴에 자신감이 넘쳐흐르며 흥분했다. 승수 선배는 다시 문예부 부장의 모습을 되찾은 듯 벌떡 일어나서 우리를 보았다.

"이거, 하자. 어차피 공연 연습도 할 겸 해 보자고. 무대 배짱도 키워야 하잖아. 실전보다 더 좋은 연습도 없고. 그때도 좋았으니까 해 보자. 어때?"

조금 이따 여기저기서 '좋아요', '좋아' 하는 말들이 터져 나왔다. 오랜만에 우리는 한마음이 되었다.

그다음 날 아침부터 우리는 평소보다 한 시간 일찍 등교해 우리 학교 가까이 있는 너섬여자고등학교에서 5분 간격으로 홍보를 시작했다. 단순히 '보러 오세요!' 하고 외치는 것이 아니라, 공연 장면을 직접 보여 주었다. 여학생들은 처음에는 우리를 의아하게 보았지만 한 번 보고, 또 보고, 연달아 볼수록 어느새 우리가 하는 5분 공연을 함께 즐겼다.

등교 시간뿐만 아니라 칠십 분이나 주어진 점심시간에도 너섬여고 교문 앞에서 공연을 했고, 하교 시간에도 공연을 했으며, 야간자율학습을 하는 학생들이 학교를 나서는 저녁 시간에도 공연을 했다. 못해도 하루에 네 번씩 공연을 한 셈이다. 처음에는 어설프고 부끄러웠지만 우리를 관심 있게 지켜보는 눈빛이 많아질수록 자신감도 점차 커졌다.

또한, 날이 갈수록 머리 스타일과 분장도 바뀌었다. 어떻게든 한 번이라도 시선을 더 끄는 것이 문학의 밤을 성공시키는 방법이라는 것을 깨닫고 어머니가 쓰는 화장품을 집에서 몰래 훔쳐 와 때로는 우악스럽게, 때로는 코믹하게, 때로는 공포스럽게 분장을 하고 공연을 했다.

여고 교문 앞 선도 선생님도 우리의 열정이 귀여웠는지 공연을 못 하게 막지는 않았다. 오히려 우리를 흥미롭게 지켜보는 듯했다. 뿐만 아니라 하교 시간에는 동네 주민들도 우리 공연을 눈여겨봐 주었다.

우리는 너섬여자고등학교와 한강 공원을 중심으로 홍보 공연을 했다. 우리에게는 5분 홍보 공연이 리허설과 다르지 않았다. 한번은 길을 지나가던 사람 가운데 한 명이 '왜 벌써 끝내냐'며 조금 더 보여 달라고 말하기도 했다. 배우는 관객의 사랑을 받으며 성장하듯이 우리는 이 나흘 동안 이미 몰라볼 정도로 성장했다.

어느덧 공연을 하루 앞두고 문예부원들은 여고 하교 시간에 맞추어 마지막 홍보 공연을 했다. 지나가던 발걸음을 멈추고 우리를 보던 여고생과 동네 주민들만 해도 그 수가 오십 명은 훌쩍 넘었다. 홍보 공연을 끝내고 우리는 우리를 지켜봐 준 사람들에게 정중하게 인사를 드렸다.

"우리의 진짜 공연을 보고 싶으신 분들은!"

"내일 저녁 6시에!"

"너섬고등학교 시청각실을 찾아 주세요!"

"오신 분들 모두!"

"기억하겠습니다!"

동휘 선배가 맨 처음 말하고, 승수 선배와 문수, 성택이가 잇따라 말했고, 마지막으로 내가 말했다.

"고맙습니다!"

마지막 말은 다 같이 했다. 이것은 우리가 홍보 공연을 끝내고 늘 하는 말이다. 아무런 대답이 돌아오지 않아도 '이 말에 대한 답은 공연장에서 듣겠지' 하고 우리는 스스로 마음을 다잡았다. 하지만 이날은 달랐다. 가까이 서 있던 한 여학생이 우리 말이 끝나자마자 외쳤다.

"보러 갈게요!"

이 말 한마디에 우리는 무한한 자신감을 얻었다. 이 자신감은 여태껏 겪어 보지 못했던 '새로운 내일'을 만들 수 있을 것 같은 기분까지 들게 했다. 새로운 내일은 어쩌면 문학의 밤일까.

꺼내지 못한 말

그날 밤, 집에 들어가는 길에 생각했다.

'내일 공연을 부모님이 보시면 어떨까? 좋아하실까? 아니면 싫어하실까?'

온갖 생각이 머릿속을 스쳐 지나갔다. 태어나서 처음으로 내가 하고 싶은 일을 하는 건데 왠지 자신 있게 말할 수가 없었다. 부모님은 평소 텔레비전에 연예인들이 나오는 모습만 봐도 '쟤 부모님 고생하겠다', '쟤 마음은 얼마나 아프겠니', '넌 저런 거 하지 마라' 같은 말을 줄곧 했다. 이런 기억들이 집에 도착할 때까지 끊임없이 떠올랐다. 그리고 우리 집 대문 앞에서 초인종을 누를 때까지 나는 어느 방향으로 가야 할지 결정하지 못했다.

'에라 모르겠다.'

우선 집에나 들어가자 하며 초인종을 눌렀다. 초인종 소리는 '엘리제를 위하여'였다. 오늘따라 이 '엘리제를 위하여'가 이렇게도 길게 느껴지는 건 왜일까. 초인종 소리는 내 마음속에서 진동

했다. 그 진동은 마치 내일 있을 문학의 밤, 그 순간을 위해 울리는 것처럼 느껴졌다.

'띠리리리리리리리리.'

초인종 소리가 끝날 때쯤 '따앙!' 하고 대문이 열렸다. 집에 들어서자 어머니는 설거지를 하고 있었고 식구들은 저녁을 다 먹고 잘 준비를 했다.

설거지가 끝날 때쯤 나는 조심스럽게 어머니에게만 내일 학교에서 문학의 밤 연극 공연을 한다고 말씀드리려고 했다. 두근거리는 마음으로 부엌에 들어섰다.

"밤 10시가 되었는데도 아직까지 밥을 안 먹었니?"

"아……. 네."

내가 부엌에 들어오자마자 어머니는 밥을 차려 주셨다. 사실은 밥을 먹고 들어왔는데 어머니와 이야기할 시간을 벌려고 밥을 안 먹었다고 거짓말을 했다.

하지만 해야 할 말이 잘 나오지 않았다. 밥을 더 천천히 먹으며 용기를 내려고 노력했다. 드디어 마지막 한 숟갈을 떠먹고 말을 뱉었다.

"엄마. 나 실은……!"

하지만 이때였다. 내가 문학의 밤에 대해 얘기하려는 순간, 대학교 신입생인 형이 막 집으로 돌아왔다.

"엄마, 나도 밥 줘요. 배고파."

형은 대학 생활을 이야기하느라 정신이 없었다. 평소에도 형은 어머니와 죽이 잘 맞아 그날 있었던 일에 대해 시간 가는 줄도 모르고 수다를 잘 떨었다. 난 그런 형과 어머니 사이에서 내 얘기를 꺼낼 기회만 엿보았다.

내가 이렇게 조마조마한 까닭이 있다. 우리 집은 할아버지 영향으로 보수적인 집안이라 '예술'에 대한 이해는 거의 없고, 그저 대대손손 '공부'만 우선했다.

난 그저 형과 어머니가 나누는 이야기만 듣고 있었다.

"엄마, 나 사교댄스 동아리에 들어가려고요."

아니, 이게 뭐람? 내가 연극한다는 이야기를 먼저 하려고 했는데 형이 나보다 한발 앞서 사교댄스 동아리에 들어간다니! 방에 있던 아버지와 거실에 있던 할머니도 형이 하는 말을 듣고 급히 부엌으로 달려들어 왔다.

"안 돼!"

어머니가 대답할 새도 없이 대뜸 할머니가 대답했다.

"다른 동아리는 없어?"

아버지도 반대하며 묻고 어머니까지 안 된다는 눈빛으로 형을 또렷이 쳐다보았다. 형은 한숨을 깊게 쉬었다.

"아니, 사교댄스 동아리가 뭐 어때서요?"

형의 반항 아닌 반항 같은 이 한마디에, 어머니와 아버지, 할머니는 마치 하나가 된 듯 더 반대했다. '다른 동아리는 어떠냐', '조금 더 생각해 봐라' 온갖 반대하는 말들이 따발총처럼 터져 나왔다. 어머니는 취업과 교양에 도움이 되는 동아리를 적극 추천했다. 결국 이 싸움은 끝이 없는 싸움으로 이어졌다.

끝내 나는 말하지 못했다. 아니, 오히려 말하지 않은 게 다행이라고 여겼다. 내가 말했다면 부모님은 오히려 더 심하게 반응했을 것이다. 형은 그래도 대학생이지만 나는 고등학교 1학년일 뿐이었다. 마음은 다행이라고 여기면서도 그날 밤은 잠이 오지 않았다. 잠이 오지 않는 새벽, 내 품에 있었던 것은 오직 내일 무대에서 읊을 나의 독백뿐이었다.

해가 떴다. 두어 시간쯤 잤을까? 내가 좋아하는 것을 말조차도 못 꺼낸 어젯밤 일이 날 짓눌러서인지 잠을 잤지만 잔 것 같지 않은 기분이다. 몸은 자면서도 정신은 자지 못한 그런 기분 말이다.

후다닥 집을 벗어나 학교로 갔다. 학교는 평소와 다르게 축제 분위기를 물씬 풍겼다. 아침 조회만 하고 수업은 하지 않아 오늘 하루는 축제를 즐기는 시간이었다. 교실 안도 축제요, 교실 밖도 축제요, 온 세상이 축제였지만, 내 마음만큼은 축제가 아니었다.

17년을 살아오며 나 스스로 강렬하게 하고 싶은 무언가를 찾은 것은 처음이었다. 이것을 하고 있는 모든 순간은 가슴속이 뜨거울 만큼 행복했기 때문이다. 이것이 나에겐 문예부였고, 그 절정의 순간이 바로 내가 인생 첫 무대에 오르는 오늘이었다. 그런데 정작 내 편이어야 할 사람들에게는 말 한마디조차 꺼내지 못했으니 마음 한편이 우울할 수밖에 없었다. 축제 현장에는 공연을 하는 학생들의 식구들로 가득했다. 꽃다발을 사 와 응원을 전하며 함께 기념사진을 찍기도 했다. 이 모습을 볼수록 나는 애써 괜찮다고 주문을 걸었다.

'나는 괜찮다, 괜찮지……. 그래. 괜찮고말고.'

그렇게 주문을 걸며 공연 준비를 하느라 시간이 가는지도 몰랐다. 어느덧 공연까지 남은 시간은 단 두 시간. 급하게 무대의상으로 갈아입고 소품을 챙겼다. 내가 맡은 역할은 〈굿바이 마이 프렌드〉 주인공 가운데 에릭이다. 에릭의 활발한 성격을 드러낼 수 있도록 캐주얼한 옷으로 차려입었다. 또 운동을 좋아하는 에릭을 보여 주려고 소품으로 테니스공도 준비했다.

그리고 이날 처음으로 분장도 했다. 처음에는 어떻게 분장을 하는지도 모른 채 졸업한 선배들의 공연 사진을 보며 분장을 따라 했다. 다행히 2학년 선배들은 한 번 해 본 경험이 있어서 분장 도구로 어디를 칠해야 하는지 알았다.

내가 헤매고 있을 때 3학년 선배들이 응원을 하러 왔다. 학교 방침 때문에 수험생인 고등학교 3학년은 축제에 함께하지 못하고 그저 뒤에서 도울 수밖에 없었다. 그런데도 3학년 부장 재영 선배는 문예부 동기들을 모두 데리고 와 우리에게 부족한 부분을 채워 주었다. 3학년 선배들의 등장에 해결되지 않던 일들이 순식간에 해결되었다.

재영 선배가 내 앞에 앉더니 갑자기 분장 용품을 들었다.

"아직 기초화장도 잘 안 되어 있네."

"네."

"자, 눈 감아 봐."

내 얼굴에 기초화장을 해 주기 시작했다. 재영 선배의 과격했던 첫 인상은 온데간데없이 사라지고 지금은 아주 섬세하게 분장을 해 주며 부드러운 표정을 짓고 있었다. 재영 선배는 어색한 내 모습을 보며 같이 웃기도 하고 무대를 앞두고 잔뜩 긴장한 내 마음을 달래 주기도 했다.

그런데 참 이상했다. 분장을 마친 내 얼굴을 보니 마치 다른 사람을 보는 것 같았다. 우울했던 '나'는 사라지고, 자신감과 기대감이 넘치는 '나'가 있었다. 내 몸속에 오늘 내가 맡은 역할인 '에릭'이 들어온 듯했다. 머릿속에 어제 일은 더 이상 생각이 나지 않고 무대에 오르는 그 순간만 가득해졌다. 그래서인지 어느새 거울 속에 비친 나도 웃고 있었다.

공연까지 남은 시간은 사십 분, 시청각실에서 관객들의 박수 소리가 터져 나왔다. 앞선 다른 동아리의 공연이 끝났다. 곧이어 시청각실 문이 열리며 관객들이 나오자, 우리는 번개처럼 시청각실에 들어가 무대를 세팅하기 시작했다. 무대 뒷면을 깔끔하게 보여 주기 위해 만들어 두었던 흰색 천막을 무대 뒤편에 걸고 공연 때 사용할 의자 세 개를 올려 두었다. 스포트라이트 조명기는 동휘 선배가 맡았다.

"내가 죄다 비춰 줄 테니까 걱정 마."

동휘 선배는 이번 공연에서 배우로 서지 않는다. 동휘 선배가 쓴 글은 승수 선배가 연기한다. 그 대신 동휘 선배는 조명을 맡아, 우리를 밝혀 주기로 한 것이다. 마지막으로 자리를 정리하고 사회자가 설 단상에 마이크를 설치해 공연 준비를 끝냈다. 이제 관객만 오면 된다.

우린 관객을 받기 전 마지막으로 무대에 모였다. 공연을 십오 분 앞둔 순간이었다. 모이자마자 무엇을 해야 할지 아주 잘 알았다. 그것은 바로 '파이팅'이다. 이 순간 외치는 파이팅만큼은 누구보다도 큰 목소리로 외칠 거다.

승수 선배가 입을 열었다.

"2학년 대표로 내가 말을 하게 됐네. 오늘 문학의 밤 공연, 우리 한순간도 잊지 말자. 안 본 사람들이 후회하도록. 자, 그리고 오늘은 특별히 우리 1학년도 한마디 하자."

승수 선배가 갑자기 나한테 바통을 넘겼다.

"이번 문학의 밤에 공연을 올릴 수 있도록 아이디어를 준 민규야. 네가 한마디 좀 해 줘."

내가 대기실에서부터 우울했다는 걸 승수 선배가 알아서였을까. 내게 힘을 주려고 나한테 바통을 넘긴 거라는 생각이 들었다. 무슨 말을 해야 할까 고민했다. 그러나 어떤 말이든 다 들어 줄 것 같은 표정으로 나를 바라보는 문예부 선배들과 동기들을 보자 자연스럽게 말문이 열렸다.

"처음에는 빨리 끝나기만을 기다렸는데 이제 오늘이 마지막이라고 하니까 많이 아쉬워요. 생각해 보니 준비하면서 많이 행복했던 것 같아요. 그리고 이 행복을…… 앞으로 많은 사람들과 나누고 싶습니다."

왜 이런 말이 나온 걸까. 식구들이나 초등학교, 중학교 친구들에게도 나눌 수가 없었기 때문에 가슴속에서부터 올라온 말이었다. 초등학교와 중학교 시절 나와 가깝게 지내던 친구들은 문예부 활동을 하며 달라져 가는 내 모습에 적응하지 못했다. 문예부에 들어가서 글 쓰고 연기한다는 내 말을 듣고 내가 겉멋이 들었다고 생각했다.

"오호!"

이 말을 들은 선배들은 마치 자식이 성장하는 모습을 보는 부모님처럼 날 자랑스럽게 바라보았다. 승수 선배는 힘차게 말을 이었다.

"자, 그럼 우리 모두의 문학의 밤을 위하여!"

모두의 손이 하나로 뭉쳤고, 모두의 눈동자도 단 한 곳만을 바라보았다. 우리는 마치 승전보를 울릴 전사들처럼 손을 하늘 높이 힘껏 들어 올렸다.

"위하여!"

이 목소리가 시청각실 밖에서 기다리는 관객에게도 들리도록 시청각실이 무너질 만큼 크게 외쳤다. 무대 뒤편 대기실로 들어갔다. 바로 공연 십 분 전이었다.

재영 선배는 관객을 들여보내겠다며 우리에게 귀띔하고 시청각실 문을 열었다. 사람들이 들어오는 소리가 들렸다. 정해진 시간이 되자 객석을 비추는 불빛이 꺼지며 공연 시작을 알리는 클래식 음악이 흘러나오고 사회자 단상에 조명이 켜졌다. 사회를 맡은 재영 선배가 관객들에게 인사를 했다.

"안녕하세요. 제29회 문학의 밤을 찾아 주신 관객 분들 진심으로 고맙습니다. 저는 사회를 맡은 강재영이라고 합니다."

재영 선배의 목소리는 힘 있고 공손했다. 게다가 재영 선배의 말은 문예부 고참 답게 문학적이었다.

"문예부는 29년 동안 수없이 쓰는 것을 되풀이했습니다. 문예부실 책장 서랍에는 29년 동안 쌓인 원고들이 있습니다. 이 원고들은 모두 오늘 같은 순간에 생명을 얻었습니다. 우리를 찾아 주는 여러분들 같은 고마운 분들이 있었기 때문입니다. 그리고 이제 29회 문학의 밤이 열립니다. 이번 문학의 밤 원고도 여러분들의 눈길 속에서 생명을 얻으리라 확신합니다. 또 하나의 글이 작품이 되는 순간을 같이 봐 주기를 부탁드립니다. 자, 29회 문학의 밤. 여러분들의 박수와 함께 시작하겠습니다."

관객들의 우렁찬 박수가 쏟아졌다. 박수 소리만 들어서는 몇 명일지 가늠이 안 되었다. 셀 수도 없을 만큼 많은 사람의 박수 소리가 겹쳐 들렸다. 그 박수 소리에 '나'는 무대로 나가고 있었다.

'뚜벅뚜벅.'

무대는 어두웠다. 갑자기 심장이 쿵쾅거렸다. 처음 느껴 보는 감정이었다. 심장이 몸 밖으로 튀어나올 것 같았다. 이토록 긴장되는 느낌은 처음이었지만 이 느낌이 싫진 않았다. 하지만 심장이 걷잡을 수 없이 빠르게 뛰자 나는 주문을 걸었다. 조명이 들어오는 순간, 배역이 되어 내가 쓴 독백을 세상에 외치겠노라고.

숨을 크게 고른 다음 조명이 켜지는 그 순간만을 기다렸다. 조명이 켜지는 순간, 내 꿈이 시작될 것을 믿으며.

문학의 밤이라는 꿈

걸었다. 무대를 향해 걸었다. 내가 걸은 곳은 어둡지만 밝은 곳이었다. 그리고 목적지에 도착하자 숨을 깊게 내쉬며 고개를 들었다. 앞은 아무것도 보이지 않았다. 하지만 아무것도 보이지 않아도 알 수 있었다. 사람들이 내가 서 있는 이 무대를 보고 있다는 것을.

그 순간, 조명이 켜졌다.

조명이 켜지자 내 눈앞에 들어온 것은 200석이 가득 채워진 객석이었다. 이렇게나 많은 사람들이 나만 보고 있다니 놀라웠다. 평소 같으면 주눅이 들 수도 있었겠지만 이상하게도 무언가 해 볼 수 있을 것 같은 용기가 생겼다. 그 용기는 굳게 닫혔던 내 입을 열게 만들었다.

"세상은 적막한 어둠입니다. 어쩌면 내가 어둡기에 세상이 어두워 보이는지도 모르겠습니다. 하지만 그 어둠을 밝혀 주는 한 줄기 희망의 빛이 있습니다. 그 빛이 나에겐 친구였습니다."

내 첫 독백 대사와 함께 조명이 더 밝아졌다.

갑자기 이 독백을 썼던 시간들이 머릿속에 쭉 스쳐 지나갔다. 지난날 문학의 밤의 새로운 주제를 찾으려고 운동장을 뛰었던 일, 방학 중에 에어컨도 없는 문예부실에 나와 글을 썼던 일, 연습을 하려고 좁은 부실에서 마치 배우가 된 듯 연기했던 일, 홍보를 하려고 길거리에서 짧은 콩트처럼 문학의 밤 예고편을 공연했던 일. 어쩌면 말도 안 되는 이 모든 순간들이 가능할 수 있었던 것은, 이 모든 일을 함께한 지금의 문예부원들이 있었기 때문이라고 생각했다. 그래, 그들이 없었다면 이 기적 같은 순간은 존재하지 않았을 것이다.

지금 나를 비추는 조명을 담당하는 동휘 선배, 그리고 음향을 담당하는 성택이, 문학의 밤 사회를 보는 3학년 재영 선배, 나아가 함께 독백을 준비한 동기 문수와 문예부장 승수 선배, 이 순간을 함께하는 모든 문예부원들, 이들이 있었기에 가능한 것이다. 문학의 밤 공연 무대에서 내가 쓴 '영원한 우정'이라는 독백의 진짜 의미를 알게 된 것 같다. 독백 대사를 한 마디, 한 마디 뱉을수록 나는 점점 추억으로, 그리고 앞날을 향한 기대감으로 빠져들었다.

"함께이기에 불가능을 가능하게 만들고, 함께이기에 울음을 웃음으로 만들며, 함께이기에 어제보다 내일을 꿈꿀 수 있듯이, 함께여야 빛나는 존재가 바로 친구입니다. 그 친구를 위해 나는 오늘도 웃습니다. 그 친구를 위해 나는 내일도 웃을 수 있습니다.

그 친구를 위해 나는 영원히 웃을 수 있습니다. 친구라는 것은 서로의 꿈을 지켜봐 주고 믿어 주는 것. 나에겐 꿈이 없었습니다. 하지만 이제 꿈이 생긴 것 같습니다. 나를 믿어 주는 그 눈길에 나는 꿈을 볼 수 있게 되었습니다. 고맙다. 내 친구, 덱스터."

내 마지막 대사가 끝나자 조명이 어두워지며 공연은 막을 내렸다. 끝나지 않을 것만 같던 이 순간이 끝난 것이다.

관객을 만나는 것이 두렵기도 했다. 그렇기 때문에 걱정이 앞서 잠을 못 잔 날도 많았다. 잠을 자다가 이불을 걷어차며 깬 적도 한두 번이 아니었다. 기대가 되는 만큼 두려움도 많았던 것이다. 기대감이 앞설 때는 미소가 지어졌고 두려움이 커질 때는 울상이 지어졌다.

그래서였을까, 내 독백이 끝나자마자 무대가 떠나갈 만큼 큰 박수 소리가 터져 나왔다. 믿기지 않았다. 터질 거라고 생각 못 했던 박수였는데 관객들은 나를 보며 박수를 치고 있었다.

난 알고 있다. 그것은 내가 잘해서도 아니고, 내가 독백을 잘 써서도 아니라는 것을. 그것은 십 대인 내가 꿈을 갖고 용기 내어 대중들 앞에서 무언가를 말한다는 것이 진솔하게 느껴졌기 때문이며, 그리고 나 같은 소년들을 응원하고 싶은 마음이 들었기 때문일 것이다.

박수 소리가 참 따뜻했다. 너무도 따뜻해서 눈에 뜨거운 무언가가 올라왔다. 감추고 싶어도 감춰지지가 않았다. 내 눈앞에는 함께 땀 흘린 문예부원들이 있었고 그들도 내 거울이 된 것처럼 나와 같은 표정이었다. 서로 얼굴을 확인하자 눈물이 마구 올라왔다. 가슴 벅찬 눈물은 처음 흘려 본다. 슬퍼서 우는 것도, 힘들어서 우는 것도 아니었다. 이 눈물은 소중한 무언가를 발견한, 그리고 그것을 해낸 '나'와 '우리'를 발견한 눈물이었다. 그렇게 우리는 서로 부둥켜안았다. 이때 느꼈다. 이 빛나는 순간은 수많은 동료들이 하나가 되었기에 이룰 수 있었다는 것을.

그런 다음 문예부원들은 문학의 밤을 보러 와 준 지인들이 기다리는 복도로 나갔다. 마치 올림픽에서 금메달을 딴 선수들처럼 의기양양해 보였다. 우리들이 흘린 땀, 살짝 지워진 분장, 무언가 해냈다는 표정, 그리고 또렷한 눈빛, 살아 있는 호흡. 이 모든 것이 우리 문예부원들을 더욱 빛나게 해 주었다.

나도 얼떨결에 선배들을 따라 복도로 나왔는데, 다양한 사람들이 와 주었다. 동휘 선배는 여자 친구가 꽃다발을 들고 보러 왔고, 승수 선배는 부모님이 오셨다. 내 동기 성택이는 학원 친구들이 왔고, 문수는 어머니와 동생이 함께 보러 왔다. 문수의 동생은 초등학교 5학년인데 문수를 보자마자 "우리 오빠 최고야!" 하며 소리쳤다. 어쩔 줄 몰라 하는 문수를 보니 내가 다 흐뭇했다.

부원들에겐 한 명이라도 자기를 찾아온 지인들이 있었다. 다들 너무도 해맑게 웃고, 서로 격려도 하고, 장난도 치는 그런 모습이 내 눈에 모두 담겼다. 부러웠다.

'이럴 줄 알았으면 용기 내서 부모님을 초대할 걸 그랬나?'

잠깐 이런 생각이 스쳐 지나갔다.

주변을 두리번거렸다. 부모님은 없었다. 그렇게 부모님이 오지 않기를 바랐고, 혹여나 오게 되면 큰일 날 거라는 생각에 겁이 나서 알리지도 않았지만 가슴 한구석이 아팠다. 이 순간을 못 보여 준 것이…….

'내가 원한 것은 무엇이었을까.'

이때, 누군가가 날 불렀다.

"민규야!"

날 부른 사람은 누구일까. 소리가 들리는 곳으로 고개를 돌려 보니 낯익은 사람들이 날 보며 흐뭇하게 웃고 있었다. 그분들이 기억이 나려는 순간 뒤에서 소리가 들렸다.

"선배님!"

재영 선배와 호진 선배가 동시에 내 뒤에서 낯익은 사람들을 보며 소리쳤다. 어디선가 낯익은 얼굴이 바로 졸업한 문예부 선배들이었던 것이다. 날 부른 사람은 바로 지난 신입생 환영회 때 축배를 올렸던 규환 선배였다. 그러자 나도 모르게 목이 터지도록 외쳤다.

"선배님! 고마워요!"

문학의 밤이 끝나자, 29년 된 문예부의 문학의 밤을 축하해 주려고 1기부터 26기까지 졸업생 선배들이 서른 명이나 모여 우리가 함께할 식사 자리를 준비해 주었다.

"호진아, 공연 잘 봤다. 이따 애들 데리고 와."

공연을 보러 와 준 지인들과 인사를 다 나누고 호진 선배의 안내대로 졸업생 선배들이 있는 자리로 갔다. 그곳은 우리가 문학의 밤을 시작할 때 처음 밥을 먹었던 그 중국집이었다. 이 자리에서는 연출 지도를 맡은 졸업생 호진 선배가 사회를 봤다.

"오늘 이렇게 많은 선후배님들을 만나게 되어 매우 기쁩니다. 마치 제가 문학의 밤을 하던 그때로 돌아간 것 같네요."

그러자 졸업생 선배 가운데 한 명이 웃으며 말했다.

"야, 말도 마. 너 대사 받아 줄 때 얼마나 힘들었는데."

"그래! 근데 그래도 또 한 번 해 보고 싶지 않냐."

졸업생 선배들이 서로를 추억하는 이야기가 끝나자 호진 선배가 말을 이었다.

"그럼 오늘 문학의 밤에 선 주인공들 이야기를 들어 볼까요?"

이 말에 졸업생 선배들과 3학년 선배들은 모두 환호했다. 승수 선배를 시작으로 문예부원들은 돌아가며 한 명씩 소감을 말했다.

"그럼 이제, 우리 문예부에서 가장 막내인 1학년 재학생들 이야기를 들어 보겠습니다. 민규야, 너부터야. 인생에서 첫 번째 문학의 밤을 마친 지금의 소감은 어떻습니까?"

마침내 내 차례가 와 버렸다. 그러자 나도 정말 얼떨결에 일어났다.

문학의 밤을 거쳐 간 문예부 선배들이 날 보고 있다. 그 어떤 말도 하지 않았지만 그냥 날 흐뭇하게 바라본다. 처음 느껴 보는 감정이다. 그래서였을까. 문예부 신입생 환영회 때에는 그 어떤 말도 입 밖으로 잘 나오지 않았지만 이 순간 나는 생각할 새 없이 여러 말들이 쏟아져 나왔다.

"너, 너무도…… 좋습니다. 행복합니다. 독백을 쓴다는 게, 이야기를 쓴다는 게 그리고 그것을 관객들과 소통한다는 것이 이렇게 좋을 줄 몰랐습니다. 처음에는 문예부가 무서웠습니다. 선배님들도 많고, 또 졸업생 선배님들과 엄격해 보이는 선배님들도 많아서 어떻게 문예부 생활을 해 나갈지 걱정이 앞서기도 했습니다. 하지만 지금은…… 아주 좋습니다. 여기 있는 모든 분들이 너무 좋습니다. 여기 계신 모든 분들 덕분에 전 한 가지를 느꼈기 때문입니다. 그것은, 그것은, 바로…… 저에게 꿈이 생겼다는 겁니다. 꿈이 없던 저에게 꿈이 생겼습니다. 제 꿈은 문학의 밤 같은 일을 영원히 하며 사는 것입니다. 그래서 지금의 제 꿈은, 내년 문학의 밤을 고등학교 2학년 선배이자 후배로서 더 성공적으로 올리는 것입니다. 그것이 지금 저의 꿈입니다.”

얼떨결에 마구 쏟아진 내 말이 끝나자 또 한 번 박수가 터져 나왔고 선배들은 환호성을 질렀다.

'뭐지? 왜 이렇게 좋아해 주지?'

나는 또 가슴이 뜨거워졌다.

난 처음으로 꿈이 생겼다. 내년 문학의 밤을 더욱 성공적으로 올리겠노라고. 그것이 나에겐 꿈이었다.

그렇게 고등학교 1학년도 점차 마무리되고 있었다.

새로운 시작, 문예부장이 되다

올해 문학의 밤을 끝내고 내년 문학의 밤을 더 성공적으로 이끌 겠다는 목표를 가졌지만 무엇이 성공적인 것인지 아직까지도 모르겠다. 하지만 어쩌면 행복의 기준에 가까운 것이 성공에 가까운 것이 아닐까 생각했다.

문학의 밤이라는 창작 공연을 한 편 준비한다는 건 힘들지만, 힘든 만큼 창작 기간부터 연습 기간 그리고 공연, 마무리까지 함께 한 동료들과 나눈 추억은 생각만 해도 행복했다. 아이디어를 뽑아 내는 과정, 진도가 나가지 않아 한숨을 푹 내쉬면서도 다시 무언가를 더 해 보고자 일어서는 과정, 의견이 맞지 않아 흥분한 채 티격태격 토론하면서도 의견이 맞춰졌을 때 해맑게 웃던 모습들, 공연이 올라가자 모두 다 긴장한 채 하나의 목적지만을 바라보며 땀 흘렸던 모습들, 공연이 끝났을 때 서로 고생했다며 부둥켜안고 한참을 울었던 모습들, 이 모든 순간이 나에겐 작품이었다.

특히 문예부원 모두 문학의 밤을 마치고 말없이 그저 눈물을 흘리며 서로 등을 다독여 주었던 행동은 그 어떤 것보다도 위로가 되었고 힘이 되었다. 서로가 얼만큼 고생했는지 알기에 나왔던 행동이니까. 이것이야말로 최고의 종파티가 아닌가 하는 생각이 들기도 했다.

하나의 작품을 만드는 것은 마치 긴 여행을 하는 것처럼 많은 깨달음과 성장을 주었다. 그래서 또다시 이 여행을 떠나기 위해 매 순간 내년 문학의 밤을 꿈꾸며 2학기를 보냈다. 그렇게 2학기가 끝나갈 무렵, 3학년 선배들의 수능 시험 응원과 함께 문학의 밤 때 썼던 문예부원들의 글을 교지로 엮어 출판도 했다.

어느새 12월이 되어 겨울방학이 코앞으로 다가왔다.

방학식 날, 문예부는 다시 모였다. 그날 그해 첫눈이 내렸다. 문예부실에 모인 사람은 1학년과 2학년뿐이다. 해마다 겨울방학식 날 문예부는 따로 모여 다음 해를 책임질 '부장'을 뽑는다. 부장은 내년에 2학년이 될 지금의 1학년 부원들 가운데서 뽑는다. 3학년은 학교 방침대로 동아리 활동이 금지되었기에, 실제 동아리 활동 기간은 2년뿐이었다.

문예부 부장은 나와 내 동기인 성택이와 문수 가운데 한 명이 되는 것이다. 우리 세 명은 모두 다 후보였고, 재학생 선배들로부터 표를 가장 많이 받은 사람이 부장이 된다.

그렇게 모두가 모이자 2학년 부장 승수 선배가 입을 열었다.

"자, 이제 우리 문예부의 한 해를 책임질 부장을 뽑는 시간이야. 재영 선배님이 3학년 선배님들 의견을 모아서 보내 줬어. 3학년 선배님들 표는 총 일곱 표고 우리 2학년은 여섯 표인데, 이걸 개표해 본 결과 열세 표가 딱 한 명에게 몰렸어."

모두 놀랐다. 열세 표가 한 명에게 몰리다니.

"그래서 이 표를 받은 친구가 반대만 하지 않는다면, 나는 꼭 이 친구를 부장으로 올리고 싶다. 그럼 발표할게. 열세 표를 받은 우리 1학년 부원의 이름은, 바로……. 민규야, 너야."

순간, 환호가 일었다. 내 동기들도 박수를 쳤다. 하지만 내 이름이 여기서 나오다니, 난 정말 몰랐다.

"어때? 우리 문예부의 부장을 맡아 줄 수 있겠어?"

평소 같았으면 누군가의 시선을 받는 것과 이런 막중한 책임을 져야 하는 일을 피했겠지만, 이상하게도 이 순간 나는 그러지 않았다. 문예부 활동을 일 년 동안 하면서 변화가 있었던 탓인지 내 입은 평소라면 절대 하지 못할 말을 뱉어 버렸다.

"네, 해 보겠습니다."

이 대답에 또 한 번 환호가 일었다. 내가 문예부의 부장이 된다면, 내년 신입생도, 문예부 활동도, 문학의 밤도, 더 잘할 수 있지 않을까 하는 생각에 부장이 되겠다고 말했다. 그래서였는지 내 목소리는 굉장히 힘 있고 확신에 찬 목소리였다. 난 문예부의 부장이 되었다.

　겨울방학 동안 학원에서 공부하면서도 남는 시간에는 세계문학 작품을 읽는 데 정신이 없었다. 더 나은 문학의 밤을 하려면 좋은 문학작품을 많이 알아야 했고, 또 신입 부원들과 여러 문학작품을 가지고 함께 이야기 나누고 싶다고도 생각했다.

　또 시간이 생길 때는 대학로에도 기웃거렸다. 문예부에서 공연 하는 문학의 밤은 많은 부분 연극의 형식을 갖고 있어서 진짜 연극을 봐 두면 큰 도움이 될 것 같았다. 고등학생이 알 수 있는 연극에 대한 정보는 전혀 없었다. 어떤 연극이 좋은 연극인지 가려내기도 어려웠다. 포스터를 보며 작품성이 있어 보인다는 생각이 들면 여지없이 그 연극을 보았다. 물론 고등학생인 내가 연극을 한 편 보려면 비싼 돈을 들여야 했다. 연극을 보려고 할 때마다 망설여졌다. 연극 한 편에 거의 한 달 용돈의 절반 가까운 금액이 들었기 때문이다.

　그러다 연극을 주제로 서로 이야기 나누는 온라인 커뮤니티에서 '사랑티켓'을 알게 되었다. 사랑티켓은 연극 관람을 후원해 주는 제도였다. 사랑티켓으로 연극을 보면, 무려 이만 원이나 되는 작품도 삼천 원에 볼 수 있었다. 그길로 대학로 마로니에 공원에 가서 사랑티켓에 가입했다. 사랑티켓에 가입한 뒤로, 한 달 용돈에 절반 가까운 금액을 연극에 썼다. 일주일마다 한 편씩 연극을 볼 수 있었다. 이게 참 행복했다.

어느새 문학작품을 읽고, 연극을 보며, 문예부의 한 해 계획을 짜는 것이 나의 일상이 되었다. 연극에 관한 문학작품을 읽으려고 마음먹었을 때는 어떤 작품을 읽어야 할지 몰라 무작정 광화문 교보문고로 갔다. 학교는 5호선 여의나루역 근처여서 지하철을 타면 이십 분도 채 안 돼 광화문으로 갈 수 있었다.

교보문고에 도착하자마자 무작정 '연극' 코너로 갔다. 연극에 대해 아는 것이 거의 없었으니 직접 눈으로 마주 보는 수밖에. 그 크디큰 광화문 교보문고에서 연극 코너는 정말 아주아주 작디작은 공간에 마련되어 있었다. 관심이 없다면 무심코 지나칠 수도 있었다. 하지만 난 수영장에 렌즈를 빠뜨려도, 그 렌즈가 연극을 볼 수 있는 렌즈라면 찾고 말겠다는 의지로 가득 찼다.

연극 코너에 꽂힌 책들의 제목을 살펴봤다. 연기 이론서, 연극사, 그리고 작품들……. 다양한 책이 있었다. 네 시간 정도 그 자리에서 책들을 하나하나 살펴보았다. 결론은 지금 나에게는 연극 이론이나 역사가 아닌, 희곡 즉 연극 대본을 읽는 것이 필요하다고 느꼈다. 희곡은 스토리가 있어 가장 재미있었기 때문이다.

희곡을 하나씩 읽어 보자고 목표를 세웠다. 그런데 어떤 것부터 읽어야 할지 몰랐다. 머릿속에 떠오르는 희곡 작가는 딱 한 명. 그건 어렸을 때부터 들어 왔고, 또 문예부에서 선배들로부터 들었던 바로 셰익스피어다. 다른 이름들은 나에게 낯설었다. 내친김에 셰익스피어부터 읽어 보자고 다짐하고 《셰익스피어 4대 비극》을 샀다. 나는 당연히 〈로미오와 줄리엣〉이 셰익스피어의 4대 비극에 들어 있을 줄 알았는데 없었다. 셰익스피어 4대 비극에는 〈햄릿〉, 〈맥베스〉, 〈오셀로〉, 〈리어왕〉이 있었다. 이 사실을 처음 알았다.

그런데 이 책만 사고 돌아서기에는 아쉬웠다. 광화문 교보문고에 또 언제 올까 하는 생각이 들어 뭐라도 더 사야만 할 것 같았다. 때마침 《연극》이라는 이론 책이 눈에 띄었다. 겉표지에 쓰인 설명을 보니 '기본교과과정'이라고 써 있어서 믿음이 갔다. 두께도 적당했다. 그래서인지 다른 책들과 달리 읽기 쉬울 것 같았다.

이 책은 연극은 무엇이며, 연극을 처음 접할 때 어떤 것부터 하면 좋은지 알려 주는 교양서에 가까운 책이었다. 운 좋게 잘 뽑았다. 지금 나에게 가장 안성맞춤일 거라고 생각해서 이 책을 사서 공부했다. 정말이지 이 책은 간단한 연극사부터 연극 이론, 그리고 꼭 읽어야 할 작품 제목이 나와 있었다. 아무것도 모르는 나는, 이 책을 길잡이처럼 여기고 여기에 적힌 책들을 하나씩 사 읽겠다는 목표를 세웠다.

마침내 2월 봄 학기가 찾아왔다. 봄 학기는 2주 정도밖에 안 되어서 쉬어 가는 학기나 마찬가지다. 봄 학기의 마지막 날은 바로 3학년 선배들의 졸업식 날이었다. 졸업식 날 1, 2학년 문예부원들은 3학년 선배들을 축하해 주려고 학교에 갔다. 졸업식이 다 끝나고 선배들이 학교를 떠나기 전에 잠깐 시간을 내어 문예부실에 모였다. 졸업식 날에도 문예부실에서 선후배들끼리 십 분 정도 함께 모이는 게 문예부의 전통이라고 한다.

3학년 선배들은 남은 1, 2학년들을 보며 대수롭지 않게 이야기를 이어 갔다. 십 분이 그렇게 다 흘러갈 즈음, 3학년 선배 가운데 한 명이 이런 말을 했다.

"그립겠다. 여기서 참 많은 일이 있었는데……."

이 말에 다른 선배들도 먹먹해졌는지 눈시울이 붉어진 채 정적이 일었다. 그 분위기를 깨고자 재영 선배가 말했다.

"그러니까 너희들은 문예부에서 하고 싶은 거 다 해. 진짜 많이 해 봐. 우린 이제 하고 싶어도 못 하니까. 할 수 있겠지? 부장아."

재영 선배가 날 보며 '부장'이라고 말하자 모두들 나를 바라보았다. 무거운 책임감이 느껴졌다. 하지만 그것보다 더 중요한 것은 지금 3학년 선배들이 하는 말들이 내게 아련하리만큼 슬프게 느껴졌다는 것이다. 그토록 행복했던 시간들을 이제 더 만들어 나갈 수 없다는 말이 슬펐다. 그래서였는지 나는 기필코 문예부 부장으로 의미 있는 일 년을 만들겠다고 마음먹었다.

"네! 잘해 보겠습니다. 고맙습니다, 선배님."

"그래, 잘 부탁해. 민규야."

내 말에 3학년 선배들은 웃으며 문예부실을 떠났다. 그들이 진짜 떠났다. 졸업한 것이다. 이제 2학년 선배들도 '고3'이 되었으니 문예부 활동은 졸업해야 한다. 3학년 선배들이 문예부실을 나가고 십여 분 정도 지나자 2학년 선배들도 자리에서 일어났다. 문예부실에는 1학년인 나와 성택이, 문수만 남았다.

그 순간 내 머릿속에는 '이제 진짜 시작이구나' 하는 생각이 들었다. 하지만 늘 함께하는 동기들이 둘이나 있어 힘을 낼 수 있었다. 항상 씩씩하고 힘이 잔뜩 들어가 있어 마치 경찰 아저씨처럼 의젓한 성택이와, 마음을 포근하게 해 주는 섬세한 친구인 문수, 이 둘이 있기에 더더욱 힘이 났다.

"민규야, 우리 뭐부터 할까?"

"맞아. 뭐부터 해야 하냐?"

성택이와 문수가 물었다.

개학식 전까지 남은 시간은 열흘, 그때면 신입생들이 들어온다. 새로운 시작을 생각하며 난 동기들에게 부장으로서 처음으로 입을 열었다.

"자, 일단 청소부터 해 볼까?"

2부 여고와
함께 만드는
30주년
문학의 밤

신입 문예부원을 모집하는 방법

2학년을 앞둔 겨울, 1학년의 끝과 2학년의 시작을 동시에 알리는 봄방학이 되었다. 봄방학이라는 이름과 달리 2월 말에서 개학하는 3월 2일 전까지는 마치 한겨울처럼 추웠다. 하지만 그 추운 겨울에도 난 추위를 느끼지 못했다. 꿈이라는 것이 추위를 이길 만큼 더 뜨거웠기 때문이다. 다른 때보다 유난히 눈도 많이 내려 길거리에 눈이 수북이 쌓였고 그 눈이 녹을 때 즈음 2학년 되었다. 2학년이 되었다는 생각에 어른이 된 것 같아서 기쁘고 또 이제 곧 어른이 될 것 같다는 생각에 먹먹하기도 했다. 이런 생각도 잠시뿐 새 학기는 여지없이 시작되었다.

새 학기가 시작되자마자, 나는 문예부원들을 모아 문예부를 홍보할 방법을 생각했다. 문예부원이라고 해 봤자 나를 빼고 나면 성택이와 문수, 딱 두 명밖에 없었지만 말이다. 선배들은 우리가 역대 기수 가운데 가장 수가 적다고 말했다. 처음에는 '소수'라고 했지만, 나중에는 '소수정예'라고 말해 줬기 때문에 오히려 부원이

적더라도 더 큰 자부심을 가졌다.

"자, 우리 문예부에서는 가장 큰 자랑거리가 문학의 밤이고, 둘째가 문학의 밤 원고를 엮어 교지로 출판하는 거니까, 이 두 개를 가장 큰 자랑거리로 홍보하자."

내가 문예부 생활을 하며 가장 마법 같다고 느꼈던 것이 바로 이 두 개였다. 그 누구라 해도 이 두 활동을 만난다면 나처럼 문예부에 흠뻑 빠질 거라고 생각했다. 그래서 우리는 이 두 활동을 중심으로 홍보 문구를 만들었다. 학교 옆 문구점에서 홍보물을 뽑아와 학교 복도와 화장실, 게시판 곳곳에다 붙였다.

동아리 가입 마감 날이 되었다. 마감 날까지 문예부에 와서 가입 상담을 하고 간 사람은 한 명밖에 없었다. 그 한 명도 문예부가 혹시 대학 입시에 도움이 될까 하는 마음에 상담을 하러 온 것이었다. 아, 잊고 있었다. 고등학생한테는 동아리도 대학 입시에 도움이 되어야 한다는 것을.

동아리 가입 마감 날 큰 고민에 빠졌다. 점심시간에 문예부실에 모두 모였다.

"왜 안 올까?"

"아무래도 문예부라는 이름이 학생들한테는 굉장히 어렵게 느껴질 수도 있어."

"맞아. 뭔가 너무 고고한 느낌이긴 해."

문예부라는 이름이 고고하고 어렵게 느껴질 수 있다는 것은 이해가 되었다. 지난번 문학의 밤을 홍보할 때도 포스터에 '문학'이란 두 글자를 너무 강조해서 사람들이 어렵게 느꼈으니 말이다. 나 또한 처음에는 문예부라는 말이 주는 느낌을 문학을 연구하고 창작하는 학자 같은 이미지로 받아들였다. 하지만 나는 문예부의 이런 고고한 이미지가 좋았다. 문예부라는 말 자체가 주는 느낌이 문예부의 정신 같기도 했기 때문이다.

"그럼 너희들은 문예부에 들어온 가장 큰 까닭이 뭐야?"

"난 민규 네가 여기 있으니까. 네가 추천해서 들어왔지."

"나도 네가 추천했으니까 들어왔지. 성택이도 들어가고 싶어 했고."

생각해 보니 이들의 말이 맞았다. 처음에 1학년은 나 한 명이었는데 선배들이 혼자서는 못 버틸 거라며 걱정이 자자했다. 그래서 마음에 맞는 친구들이 없냐고 물었는데, 대뜸 이 두 친구가 생각났다.

"그럼 혹시 내가 뭐라고 말하면서 추천했는지 기억나?"

"문예부에서는 연극 같은 것도 한다고 했잖아."

"맞아. 그리고 선배들도 엄청 멋있고 좋다고 했어."

"그게 다야? 더 고민되는 건 없었고?"

"응. 우린 글 쓰는 걸 기본으로 좋아했으니까. 그치? 문수야."

"응, 고민할 게 뭐 있어. 그냥 좋은데."

우리들은 참 비슷했다.

"그럼 말이야. 들어오고 나서 느낀 건?"

"그건 많이 달랐어. 문학의 밤이라는 게 이런 걸 줄은 정말 몰랐으니까."

"나도 문수랑 비슷해. 처음에는 문학의 밤이라는 게 어떤 건지 상상이 되지 않아서 장점으로 못 느꼈던 것 같아. 근데 한 번 해 보고 나니까 어느새 문학의 밤 얘기만 하고 있더라고."

그래, 들어오기만 하면 문학의 밤의 장점을 충분히 느낄 수 있을 텐데 문학의 밤이란 말 자체가 어려울 수 있겠다. 문학의 밤이 가진 장점을 어떻게 신입생들에게 전달할 수 있을까 고민했다. 이 장점을 알 수만 있다면 문예부에 들어올 신입생은 많을 거라고 생각했기 때문이다. 그러다가 문득 한 가지 생각이 떠올랐다.

"그럼, 우리가 문학의 밤 때 썼던 원고 있잖아. 그 원고의 명장면을 보여 주자."

"말도 안 돼. 2교시밖에 안 남았는데, 어떻게 보여 주게?"

그 순간, 점심시간에 방송부실에서 흘러나오는 클래식 음악들이 귓가에 스쳤다. 온몸에 전기가 흐른 듯 생각이 또다시 빗발치기 시작했다.

"음……. 지금 점심시간 얼마나 남았지?"

"사십 분 정도?"

"방송부실로 가자."

"뭐? 방송부실? 거긴 왜?"

문수는 내 말에 멈칫했고, 성택이는 의아해하는 표정이었다.

오늘 수업이 끝날 때까지 남아 있는 시간은 두 시간뿐이었다. 쉬는 시간마다 교실을 돌아 봤자 두 반밖에 못 돈다. 1학년은 모두 열세 개 반이니 효율이 떨어진다. 그렇다면 모두에게 홍보할 수 있는 방송부실에 가서 동아리 홍보를 부탁하는 수밖에 없다. 나와 문수는 방송부실로 갔고, 성택이는 그 시간에 문예부를 찾는 학생들이 있을까 봐 부실을 지키기로 했다.

방송부 활동의 꽃은 바로 점심 방송이다. 다행히 같은 반 친구 가운데 영화감독이 꿈인 명호가 방송부원이라 방송부실에 도착하자마자 명호를 찾았다.

"무슨 일이야?"

"저, 점심시간 방송 있잖아. 끝나고 나서 혹시 동아리 홍보를 해도 될까?"

"동아리 홍보? 홍보는 선생님께 혼나. 금지 사항이야."

"그, 그래? 잠깐이라도 안 될까?"

"금지 사항인데, 어떡해. 대신 오늘 동아리 가입 마감 날이니까 동아리에 들고 싶은 사람들은 오늘 안으로 신청하라는 공지는 따로 할 거야."

이걸로는 될 수가 없었다.

이때였다. 방송부 담당 선생님이 방송부실로 들어왔다. 방송부는 담당 선생님이 거의 방송부실에 늘 있으면서 열심히 방송부 일을 하셨다. 특히 일주일에 한 번, 클래식 음악을 틀고 명상의 글을 읽어 주었다. 선생님이 방송부실에 들어오자마자 오늘도 명상의 글을 읽어 주려고 오셨구나 하는 생각이 들었다. 덩달아 내 머릿속에 무언가 생각이 떠올랐다. 나는 어느새 그 생각을 입 밖으로 내뱉었다.

"선생님! 문예부 부장 한민규라고 합니다. 명상의 글 신청하려고 왔는데요, 가능할까요?"

방송부 선생님은 내 말을 듣자마자 미소를 띤 채 대답해 주었다.

"그럼. 어떤 글인데?"

"저희 문예부원들이 창작한 시입니다."

"시?"

선생님은 살짝 놀랐다. 학생이 자기가 쓴 시를 읽겠다는 말에 어안이 벙벙했을 것이다. 함께 간 명호도 이게 무슨 소리인가 하며 놀라 입이 떡 벌어졌다. 선생님이 다시 물었다.

"어떤 시인데?"

"문예부가 십 대 시절의 우정과 꿈에 대해서 다루었던 문학의 밤 원고입니다."

"그래, 언제 할 거야? 오늘처럼 주마다 금요일 점심시간이면 가능해."

"그럼, 오늘…… 지, 지금도 혹시 될까요?"

"지금?"

선생님은 이번에도 화들짝 놀랐다. 방송부원인 명호는 선생님께 진실을 말할지 말지 눈치를 살폈고, 나는 '모른 척 해 줘' 하고 눈빛으로 강력히 말했다. 다행히 명호는 문예부 홍보를 위한 것이라는 진실을 선생님께 말하지 않았고, 선생님도 우리가 시를 읽는 것을 허락해 주었다.

"그래, 그럼 십 분 뒤에 시작할 거니까, 준비해."

"고맙습니다. 선생님."

방송까지 남은 시간은 십 분도 안 됐다. 첫 방송이라 엄청 긴장할 법도 한데, 이상하게 긴장감을 한참 넘어설 만큼 용기가 났다.

그렇게 나를 따라온 문수는 우리가 읽을 원고를 보고 있었다. 마치 배역에 몰입하려는 주문이라도 걸 듯 말이다. 어느새 우리 차례가 다가와 마이크 앞에 앉았다. 방송부 선생님께서는 손가락으로 셋, 둘, 하나를 가리키고 '고'를 외쳤다. 잔잔한 음악이 들리며 방송 시작을 알리는 '빨간 불'이 켜졌다.

갑자기 심장이 떨렸다. 막상 빨간 불이 켜지니 무언가 엄청난 일을 저질렀다는 것을 깨달았다. 그러나 이 엄청난 일을 엄청나게 잘 소화하고 싶었다. 문예부의 꿈을 위해서. 어느새 떨리는 심장 소리는 멎으면서 내 입은 천천히 열렸다.

이때였다. 방송부 선생님이 잠깐 기다리라고 손짓했다. 클래식 음악이 커졌다가 천천히 줄어들며 선생님이 진행을 했다.

"안녕하세요. 금요일 점심시간마다 찾아오는 명상의 오후입니 다. 새 학기가 시작된 만큼 다들 정신없으시죠? 새 학기면 새로 운 반 친구들도 만났을 텐데, 반 친구들과는 다 인사를 나누었 나요? 아직 새 학기를 시작한 지 얼마 되지 않아 많이 어색할 거 라 생각합니다. 그래서 오늘 명상의 글은 반 친구들과 어색함을 빨리 극복하고 가까워지라는 마음으로 친구, 우정에 대해 다루 는 글을 가져왔습니다."

'그래 맞다, 모든 일에는 다 순서가 있지.'

선생님의 진행을 옆에서 보자 이런 생각이 들었다. 내 설명을 잠 깐 들었는데도 저렇게 설명을 잘할 수 있다는 게 놀라웠다. 나는 내 가 하려는 일에만 정신이 팔려 빨간 불이 들어오자마자 글부터 읽 으려고 했는데, 이런 걸 생각 못 했다니 갑자기 부끄러워졌다.

"오늘 글을 읽어 줄 친구는 문예부에서 부장을 맡고 있는 2학년 한민규입니다. 여러분들의 또래가 직접 쓴 글이니만큼 더 공감 이 되지 않을까 생각합니다. 그럼 명상의 글, 낭송 시간을 갖겠 습니다."

이제야 방송부 선생님은 나에게 입모양으로 '시작해' 하고 말했다. 참 이상하게도 선생님이 앞에서 진행을 해 주니 아까보다 부담감과 긴장감이 조금은 나아진 듯했다. 자신감도 더 생긴 것 같다. 갑작스럽게 일어난 일이라 시를 읽는 건 나 혼자 하기로 했다. 문수는 옆에서 입 모양으로만 '파이팅'을 외치며 응원해 주었다. 호흡을 가다듬고 천천히 입을 열었다.

"돌아오지 않는 것. 지금 잡지 않으면, 다시는 돌아오지 않는 것. 가장 가까이 있는 너와 함께하는 꿈같은 나날들."

지난해 문학의 밤 원고의 도입부를 읽었다. 참 이상한 것은 같은 글인데도 문학의 밤 때보다 지금이 더 편안하다. 지난해 문학의 밤이 '발표의 장'이었다면, 이번에는 사람들 마음을 움직이게 만들고 싶다는 마음이 담겨서일지도 모른다.

"세상은 적막한 어둠입니다. 어쩌면 내가 어둡기에 세상이 어두워 보이는지도 모르겠습니다. 하지만 그 어둠을 밝혀 주는 한 줄기 희망의 빛이 있습니다. 그 빛이 나에겐 친구였습니다……."

어느새 문학의 밤 원고를 끝까지 다 읽자 나는 명상의 글을 마치지 않고 마치 지금부터 말하는 내용도 명상의 글 일부인 것처럼 말을 이어 나갔다.

"문예부는 십 대 시절, 우리의 꿈을 함께 밝혀 줄 친구들을 만나, 29년 동안 문학의 밤에서 이렇게 자기가 직접 쓴 글로 배우가 되어 연기를 해 왔습니다. 이 글들은 무대를 만나고 관객을 만나고 그리고 이렇게 다시 여러분들과 소통하고 있습니다. 이것이 바로 문예부의 역사입니다. 올해는 문예부가 30주년이 되는 해입니다."

명상의 글을 해설하는 척하면서 나는 이 기회를 잡으려고 선생님의 눈치를 보며 말을 단숨에 이었다.

"문예부의 30년 역사의 주인공이 되실 분들을 오늘 오후 5시까지 기다리겠습니다. 문예부실에서. 그럼 명상의 글을 마치겠습니다. 즐거운 오후 되세요!"

말을 다 마치고 선생님의 눈치를 보았다. 그런데 선생님은 흐뭇하게 웃고 있었다. 확실히 알았다. 선생님은 내가 명상의 글을 발표하며 문예부를 홍보할 생각이라는 걸 미리 알고 있었다는 것을. 방송이 다 끝나고 고개를 숙이며 선생님께 말했다.

"죄송합니다, 선생님……."

"뭐가 죄송해? 동아리 홍보한 거 아니고 명상의 글 내용 해설한 거잖아."

선생님은 다 알면서도 모르는 척 웃었다. 그러자 무거웠던 내 마음도 풀리기 시작했다.

"고맙습니다, 선생님. 정말 고맙습니다."

"그니까 이번 해에도 문학의 밤 잘 준비하고. 알았지?"

"네!"

"그리고 오늘처럼 이렇게 가끔 명상의 글도 발표하고 그래, 얼마나 좋아. 알았어?"

나와 문수는 활짝 웃으며 대답했다. 선생님은 시원시원하게 말을 이었고 우리도 선생님 말에 가슴이 뻥 뚫리는 듯 시원해졌다.

방과 후, 드디어 기다리던 오후 5시가 되었다. 오후 5시가 되자마자 나와 성택이, 그리고 문수의 입가에는 활짝 미소가 지어졌다. 오늘 아침까지만 해도 이 시간이 오는 것이 두려웠는데 문예부실 밖에 문예부원 가입 희망자들이 한참 줄을 서 있었다.

우리는 저녁 7시가 되어서야 학교를 떠날 수 있었다. 우리를 찾아온 학생들을 면접한 끝에 새로운 문예부원을 여덟 명이나 받을 수 있었다. 2학년은 한 명, 1학년은 일곱 명. 지난해와 견주면 신입 문예부원이 두 배 이상 많아진 셈이다. 부원이 두 배 더 많으니 올해 문학의 밤도 지난해보다 두 배 이상 잘할 거라는 생각이 들었다.

가로등 불빛이 가득한 하굣길을 걸으며 다짐했다.

'이번 문학의 밤, 지난해보다 두 배 이상 잘하자!'

여고와 같이 해 보는 거야

신입 부원들이 들어온 지도 벌써 두 달이 지났다. 1, 2학년만으로도 문예부원이 모두 열한 명이나 되어 꽃샘추위에도 따뜻하게 보낼 수 있었다. 지난해와 마찬가지로 두 달 동안 졸업한 선배님들과 함께하는 신입생 환영회를 했고, 문예부실에서 여러 문학작품들을 같이 읽으며 올해 문학의 밤을 기획했다. 먼저 셰익스피어의 작품 가운데 하나를 골라 읽었고, 청소년들이 공연하기 좋은 문학작품들도 찾아 읽었다. 다른 고등학교는 축제에서 어떤 작품들을 연극으로 올리는지 조사했고, 우리가 읽어야 할 작품 목록을 만들었다. 문예부 활동을 좀 더 체계적으로 하고 싶은 욕심 때문인지 문예부 부장으로서 하나하나 다 계획을 세워 두고 싶었다.

참 웃긴 건, 이번 신입생 환영회 때에도 졸업생 선배들과 재학생들이 모여 한강 공원에서 문학의 밤 원고를 읽었는데, 1학년 중에서도 지난해 나처럼 그 자리에서 낭만을 느끼고 문학의 밤을 향한 의지가 끓어오른 친구가 있었다. 오순이와 상일이가 그랬다.

그 친구들이 때때로 문학의 밤에 대해 묻는데, 답을 해 줄 때마다 '아, 내가 진짜로 선배가 되었구나' 하는 생각이 들었다. 특히나 가장 많이 받았던 질문은 바로 이것이었다.

"선배님, 정말, 문학의 밤에는 우리가 쓴 글로, 우리가 배우로, 무대에 서나요?"

오순이가 이 말을 가장 많이 했다. 오순이는 궁금한 것이 참 많았다. 오순이는 마치 일 년 전 나 같아 보였다. 나도 문학의 밤을 처음 준비하면서 머릿속에 구체적인 그림이 그려지지 않아 선배들에게 허구한 날 물어봤다. 우리가 쓴 글로 직접 무대에 선다는 것이 두렵기도 하면서 기대가 되기도 했기 때문이다.

두 달 동안 신입 부원들에게 문예부가 어떤 곳인지 알려 주는 시간을 가지며 문학의 밤을 기획해 나갔지만, 줄곧 막히는 것은 언제나 시작점인 '문학의 밤 소재 정하기'였다. 난 글도 첫 문장을 쓰는 것이 가장 오래 걸린다. 이것도 마찬가지여서 문학의 밤을 준비하는 모든 시간 가운데 가장 많은 시간을 투자했다. 그렇다고 언제까지 미룰 수도 없는 일. 학기 중에 어느 정도 원고가 나와야 방학 때는 연습에 집중할 수 있다. 이제는 문예부 회의에서 결정을 지어야 한다. 어느덧 방학을 한 달 앞둔 6월 초가 되었기 때문이다.

"선배님, 그럼 이번 문학의 밤에서 다룰 소재는 뭔가요?"

회의를 하는데 오순이가 물었다. 그동안 문예부원들과 여러 작품을 읽어 왔다. 우리는 청소년이지만 청소년의 시각으로 세상 돌아가는 모습을 보면서, 우리가 청소년이기 때문에 말할 수 있는 것들을 쓰고 싶었다. 그동안 머릿속으로 생각만 해 오던 것을 처음으로 입 밖에 꺼냈다.

"우선 청소년들의 이야기를 쓰자."

"청소년들의 이야기요?"

"그래."

갑자기 문예부원들의 반응이 시무룩해졌다. 뭔가 설명을 더 해 달라는 표정이었다.

"어려울 거 없어. 그냥 우리들 이야기를 쓰는 거야. 우리가 청소년이니까 청소년들이 세상에 말하고 싶은 것들. 그런 게 다들 하나쯤은 있을 거 아니야?"

잠깐 침묵이 일자 성택이가 말했다.

"그럼 하나씩 적어 보는 건 어때?"

청소년이기에 세상에 말하고 싶은 것들을 적어 보기 시작했다. 두어 시간 동안 문예부원들 모두가 하나하나씩 칠판에 적어 보니 여러 가지 소재들이 나왔다. 대표적인 것을 꼽아 보면 '두발 자유', '입시 스트레스', '집단 따돌림', '청소년들의 부익부빈익빈' 들이었다. 이 가운데 청소년들의 부익부빈익빈은 우리가 여의도에 있는 고등학교에 다녀서 나올 수 있는 소재이기도 했다.

여의도, 한국말로 '너섬'이라는 이 섬에는 여러 지역의 아이들이 고등학교에 모인다. 첫 번째로 여의도, 그다음이 마포, 다음은 신길동, 대방동, 그리고 문래동, 당산동도 섞여 있다. 너섬이라는 섬에서 멀어질수록 학생들의 집안 환경도 차이가 난다. 그래서 그런지 이런 소재도 우리들의 관심거리가 되었다.

이 모든 것을 다 섞어 보기로 했다. 부익부빈익빈만이 아닌, 환경의 차이로 시작된 다름을 인정하지 못하는 따돌림, 그리고 입시 제도에 갇혀 개인주의 성향을 갖는 청소년들. 이러한 개인주의 때문에 집단 따돌림을 직접 나서서 막지 못하고 지켜만 보게 되는 문제들을 얘기해 보자고 했다. 어느새 우린 이 방향으로 의견이 모아졌다. 그때 문수가 넌지시 입을 열었다.

"근데, 아무래도 여학교는 우리와 조금 다르지 않을까?"

문수 말이 맞았다. 지금 우리가 기획하는 것은 남자고등학교 학생들에게 한정된 이야기일 수 있었다. 난 청소년들의 이야기를 쓰자고 했던 만큼 더 많은 청소년들과 소통할 수 있는 이야기를 하고 싶었다. 또다시 생각보다 먼저 내 입이 열리고 말았다.

"그럼 같이 해 보는 건 어때?"

"뭐, 뭘?"

성택이가 이번엔 또 뭐냐는 표정으로 물었다. 성택이뿐만 아니라 다들 내 말이 궁금한 눈치였다.

"여고와 같이 해 보는 거야. 우리 문학의 밤을."

"진짜요?"

"그게 된다고요?"

상일이와 오순이가 놀라며 물었다. 내 말에 말도 안 된다며 고개를 절레절레하는 친구들도 있었고, 이게 무슨 소리냐며 그저 듣고만 있는 친구들도 있었다.

"지금 우리 이야기를 여고와 같이 하는 거야. 그럼 청소년의 목소리를 두 입장에서 더 다양하게 보여 줄 수 있을 거야."

내 말이 일리 있다는 것은 다들 아는 눈치였지만, 한편으로는 불가능에 가깝다고 보았다. 학교가 보수적이어서 남자고등학교에서 여학교 학생들과 함께 문학의 밤을 하는 것을 받아들일 리 없다고 생각했다. 그런데 어쩐지 나는 이 모든 것이 가능해 보였다. 아니, 가능하게 만들고 싶었다. 이때였다. 졸업생인 규환 선배가 지난해 문학의 밤 뒤풀이 자리에서 했던 말이 떠올랐다.

"우리 학교도 20년 전에는 남녀 공학이었어. 그때 내 선배들은 문학의 밤을 여고 학생들과 같이 했어."

"여고라뇨?"

"여의도에는 고등학교가 두 개 있잖아. 지금 우리 너섬고등학교와 너섬여자고등학교, 그 두 학교가 원래 한 학교였다고."

이 기억을 떠올리고 바로 말을 꺼냈다.

"우리 학교도 20년 전에는 남녀공학이었대. 30년 역사 중에 3분의 1이 남녀공학이었다는 거야."

"그래서?"

성택이 물었다.

"예전에는 같이 했는데, 지금 같이 못 할 것도 없잖아."

"그, 그러네요……."

"선배님. 대박, 대투더박! 짱이에요."

상일이와 오순이는 내 말에 설득된 듯 답했다. 하지만 동기 성택이는 고개를 갸웃거리며 말했다.

"하지만 그러려면 명분이 필요할 텐데……."

"명분?"

"왜, 어른들은 그런 거 많이 따지잖아. 어른들을 설득해야 할지도 모르는 판에 준비는 해야지."

성택이 말이 맞았다. 20년 만에 다시 함께한다면, 그만한 명분이 필요했다.

"명분 있지!"

"어떤 거?"

내 말에 성택이가 물었다.

"그러니까, 우리 30주년이잖아. 30주년 기념으로 여고와 같이 문학의 밤을 준비해 보는 거야."

"될까?"

문수는 불안해하며 물었다.

"안 될 게 뭐가 있어. 여고 문예부만 동의하면 되지. 그래서 우리와 여고 동아리가 함께 축제를 준비하고, 우리 학교 축제 때 문학의 밤을 한 번 하고 여고 축제 때 우리가 거기 가서 또 한 번 문학의 밤을 하면 되지. 그러니까 같이 한 작품을 만들어서 두 학교에서 공연하면 되는 거야. 이걸 우리가 한다는 것 자체가 기념적인거 아냐. 특히 2학년은 이게 마지막 문학의 밤인데."

내가 부장이어서 그런지, 머릿속으로 떠오르는 생각도 많아졌고 이 생각들을 입 밖으로 뱉을 용기도 커졌다. 하고 싶은 게 생겼다는 것이 정말 강력한가 보다. 내 안에서 하고 싶은 게 생기니까 내가 달라지고 있었다. 변화하고 있었다. 예전 같았으면 생각만으로 그쳤을 말들을 입 밖으로 과감하게 꺼내게 되었으니까.

이런 작은 용기가 문예부원들에게도 영향을 끼쳤는지, 이제는 이런 어처구니없고 파이팅만 넘치는 내 말에 걱정하기보다 기대하는 눈빛을 보내는 사람들이 더 많아졌다.

"재미있겠는데."

성택이가 말했다. 나는 기운을 얻어 더 말을 이어 갔다.

"그래, 마침 또 30주년이잖아. 졸업한 선배들도 기가 막혀 할걸. 이건 진짜 새로울 거야. 우리가 이걸 해 보는 거고. 다들 어때?"

처음엔 걱정하던 친구들도 있었지만 이 회의로 모두들 한번 해 보기로 결정 내렸다.

"그럼 뭐부터 할까요?"

신입 부원인 상일이가 말했다. 상일이는 오순이와 달리 모든 일에 침착하면서도 진지한 친구였다.

"우선 여고 문예부부터 만나자."

"선생님들이 아니라요?"

"학교의 주인은 선생이 아니라 학생이잖아."

그저 자신감으로 내뱉은 내 말에 따라 문예부원들은 여고 문예부를 먼저 만나기로 했다.

학교에서 이걸 막지는 않을까 걱정되었다. 하지만 축제의 한 부분으로 공연하는 것이니까 공연의 의의만 뚜렷하다면 괜찮을 것 같았다. 그리고 '학교의 주인은 선생이 아니라, 학생'이라는 말이 뭔가 멋스러워 보이면서도 이 말이 담고 있는 의미를 지키고 싶었다. 두 학교의 동아리가 서로 뜻이 맞으면 학교도 허락해 줄 것이다.

"자, 그럼 혹시 여고 문예부에 아는 친구 있는 사람?"

마침 문수가 다니는 동네 보습 학원에 여고 문예부원이 있다는 얘기를 들었다. 더군다나 그 친구가 문예부장이기도 했다. 먼저 그 친구부터 만나 보자고 의견을 모았다.

"아, 근데 난 그 친구랑 이야기해 본 적이 별로 없는데."

"해 봐."

"나 이런 거 잘 못 하는 성격이잖아."

"누군 다 잘했냐? 우린 뭐 처음부터 글 쓰고 독백을 낭송하지도 않았잖아. 이참에 해 보는 거야. 30주년 문학의 밤을 위해서."

"30주년 문학의 밤?"

"그래, 우리부터 기념하는 30주년 문학의 밤."

내 말에 문수도 용기를 냈다.

그날 밤 문수로부터 전화를 받았다.

"미, 민규야!"

"어, 왜?"

문수는 놀란 듯 말했다. 그러자 나도 긴장됐다.

"여, 여고 문예부장이 토요일 방과 후에 시간 괜찮대. 어때?"

"당연히 좋지!"

그렇게 우린 또 한 번, 이 학교에 '있을 수 없는 것을 있게 만들'고자 한 걸음 나아갔다. 머릿속에만 있던 생각을 입 밖으로 꺼내니 정말 많은 일이 일어나는구나 싶었다.

토요일이 되었다. 문예부를 대표해 부장인 나를 포함하여 딱 셋만 가기로 했다. 한 명은 여고 문예부 부장과 아는 사이인 문수였고, 또 한 명은 1학년 대표인 오순이었다. 같이 가고 싶은 사람이 있는지 물어보자마자 오순이가 손을 번쩍 들었기 때문이다. 일 년 전 축제 동아리 회의 때 승수 선배가 1학년 학생도 함께 가자고 했던 것처럼, 나도 이 순간을 후배들과 함께하고 싶었다. 그래야 후배들도 그다음을 이어 갈 테니까.

우리가 만나기로 한 곳은 커피숍이었다. 항상 패스트푸드점이나 분식점만 갔는데, 커피숍이라니 뭔가 어른이 된 듯했다. 이런 중요한 이야기는 커피숍 같은 데에서 해야만 할 것 같았다.

토요일 수업이 끝나고 나와 문수, 오순이는 교문 앞에 모였다. 무슨 말을 하며 풀어 나가야 할지 알 수 없었지만 의지할 수 있는 사람이 둘이나 있다는 게 큰 힘이 되었다.

"잘 갔다 와!"

우리가 교문 밖을 나서자 멀리서 성택이가 말했다. 성택이 말고도 다른 신입 문예부원들도 함께 있었다. 우리를 응원하는 동료들이 있다는 것이 참 좋았다. 응원을 받으니 오늘은 진짜 무슨 일이 일어나긴 일어나겠구나 하는 생각이 들었다.

'그래, 일어나야지. 기왕이면 좋은 일이!'

이 말을 마음속에 새기며 걸음을 내딛었다. 큰 부담을 더 큰 기대로 누른 채.

내 인생 첫 번째 창작극

　나와 문수, 오순이는 여고 문예부원들을 만나기로 한 커피숍에 약속 시간보다 한 시간 일찍 도착했다. 어쩌면 오늘은 우리 학교 문예부 역사에서 있을 수 없는 것을 있게 만드는 엄청난 날이 될지도 모른다. 일찌감치 도착해 무슨 말을 해야 할지, 어떻게 말을 이어 나가야 할지 의논하며 미리 준비했다. 마치 공연을 준비하는 마지막 리허설처럼 느껴졌다.

　'딸랑딸랑.'

　문 열리는 소리가 들렸다. 돌아보니 여학생 세 명이 서 있었다. 척 봐도 이들이 우리와 만나기로 한 여고 문예부원이라는 것을 알 수 있었다. 이 학생들 눈빛이 무언가 우리와 닮아 보였기 때문이다.

　"어, 여기야."

　아니나 다를까, 문수가 손을 번쩍 들며 말했다. 어느새 우리는 여고 문예부와 같이 마주 보며 앉아 있었다. 서로 소개를 하는 순간 굉장히 긴장되었다. 준비할 때는 아무 문제가 없었는데 마주앉아 있으니 뭔가 삼 대 삼 미팅처럼 여겨졌기 때문이다. 하지만 '이 건 일이다, 꿈을 위한 일이다' 생각하며 입을 열었다.

"안녕, 난 너섬남고 문예부 부장 민규라고 해."

"응. 난 너섬여고 문예부 부장 나래야. 반갑다."

"난 반가운 것을 넘어 너무 고맙기도 해."

고맙다는 말에 여고 문예부원들이 '이게 무슨 소리지' 하는 표 정을 지었다.

"왜?"

"그, 그건 너희를 봤으니까."

그러자 옆에 있던 여학생은 화들짝 웃었고 문수는 부끄러운 듯 고개를 숙였다. 오순이는 키득키득 웃는 듯했다.

"아, 아니, 내 말은⋯⋯."

불현듯 나도 모르게 이 분위기를 진지하게 잡고자 바로 본론으 로 들어갔다.

"우린 해마다 축제 때 문학의 밤 공연을 하는데, 이번에 가능하 면 우리가 태어나기 전인 30년 전 문예부 초창기 때처럼 너희와 같이 문학의 밤을 하면 어떨까 생각했어. 처음에는 생각만 했는 데 어느새 계획을 세우고 연락을 하게 되었어. 지금 이렇게 만 나고 있다는 게 놀라워. 너희를 만나니까 생각이 하나하나 현실 이 되어 가는구나 싶어. 그래서 내 말은, 너희를 만난 게 고맙다는 말이었어.”

나름대로 유창하게 말을 해 보려고 했는데 예상하지 못한 반응 때문에 허겁지겁 말을 했다. 그런데 참 이상하게도 방금 뱉은 내 말을 여고 문예부원들은 집중해서 들어 주었다. 부담스러울 수도 있는 말인데 이 말로 우리 회의가 예열이 된 듯 그때부터 더 깊은 이야기를 시작했다.

“만약, 우리와 함께한다면 어떤 걸 하고 싶어?”

여고 문예부장인 나래가 내 말을 기록하겠다는 듯 공책을 펼치며 물었다. 문예부 회의 때 이야기했던 내용을 말했다.

“우린 여의도라는 섬에 있는 학교에 다니는 십 대 학생이잖아.”

“응.”

“그래서 그런 우리한테 일어날 수 있는 우리만의 이야기를 하는 건 어떨까 해.”

“좋은데?”

나래 옆에 있던 여학생이 반응했다. 하지만 나래의 표정은 그대로였다. 내 말이 조금 더 빨라졌다.

“여의도라는 곳에 있는 학교에 다니기 때문에 더 심하게 나타날 수 있는 부익부빈익빈, 이것 때문에 일어날 수 있는 따돌림 같은 청소년 문제, 이런 얘기들을 나눠 봤어. 이 가운데 몇 가지 주제를 정해서 문학의 밤 때 얘기해 보는 건 어떨까 해서.”

"창작은?"

"우리가 쓰는 거지. 두 개였으면 좋겠어. 남학생들의 시선, 여학생들의 시선. 이렇게."

그러자 문수가 내 말을 거들었다.

"맞아. 우선 소재부터 같이 통일하고."

나래는 고민이 되는 표정으로 물었다.

"그럼 배우는?"

"우리가 쓴 글에 우리가 배우로 무대에 올라 연기하는 거야."

그러자 여고 문예부원들은 잠깐 고민하는 듯 서로 머리를 맞댔다. 침묵이 이어지다가 나래가 다시 입을 열었다.

"우리 생각엔 연극부랑 같이 공연을 하면 어떨까 해."

'연극부'라는 이야기를 듣자 순간 멈칫했다. 우리 학교는 연극부가 없는데 여고에는 연극부가 있다는 사실에 놀랐다. 우리는 우리가 극작, 연출, 배우를 다 하는 문예부 체제에 익숙했다. 물론 가끔은 해야 할 일이 너무 많아 정신을 못 차리곤 했지만……. 그런데 이걸 분업해서 맡은 역할을 잘해 나간다면 우리가 상상한 문학의 밤이 정말 상상 이상으로 나올 수 있지 않을까. 그도 그럴 것이 나래가 말을 이었다.

"아무래도 우리보다는 연극부 친구들이 무대에 올라 연기를 하는 거는 더 잘할 거니까. 그래서 우리는 창작에 힘쓰고 실연은 연극부가 하면 좋겠는데, 너희는 어때?"

생각보다 판이 커져서 우리는 입이 떡 하고 벌어졌다. 문수는 지레 겁을 먹고 공책에다 자기 속마음을 써서 나한테 보여 줬다.

'우리…… 쪽팔리지 않을까?'

그렇다. 어쩌면 쪽팔릴 수도 있을 거라고 생각했다. 우리 학교는 연극부가 없기 때문에 여고 연극부와 함께 한다면 우리 연기가 많이 부족한 게 티가 날 것이다. 당연히 우리는 연기를 배운 적도 없고, 지난해 문학의 밤에서 한 연기도 우리가 쓴 글을 그저 외워서 말하는 정도였다.

하지만 더 중요한 사실은 지금 내 심장이 마구마구 뛴다는 것이다. 문학의 밤이라는 우리 계획이 잘 이루어진다는 느낌이 들었다. 이런저런 생각들이 머릿속에 빗발치고, 동시에 내 입도 열렸다.

"난 좋아. 근데 우리 학교는 연극부가 없어. 이번 기회에 우리 학교 문예부와 너희 학교 연극부가 같이 한다면, 우리가 그 친구들한테 많이 배워서 함께 무대에 설 수 있을 것 같아."

"그럼 연극부 애들과 같이 무대에 서도 괜찮다는 거지?"

"어, 물론."

이 대답에 문학의 밤 제작 규모는 하루아침에 엄청나게 커졌다. 일주일 뒤에 여고 문예부원들과 함께 여고 연극부원들을 만나기로 했다.

난 이 소식을 이번에 졸업한 재영 선배한테 전화로 알렸다. 올해 문학의 밤에는 재영 선배가 졸업생 대표로 지도를 맡았기 때문이다. 그런데 재영 선배는 작품을 연출하는 것은 우리에게 맡기고, 작품을 만들 때 큰 힘을 받을 수 있도록 졸업생 선배들과 소통해서 도와주는 제작 협력 역할에 더 힘쓰겠다고 했다.

"이야, 이건 역사적인 일인데."

"정말요?"

"그래, 선배들도 엄청 좋아하겠어. 반응들이 어떤지 한번 확인해 볼게. 잠깐 기다려 봐."

그날 밤, 재영 선배는 전화를 걸어 와 이런 말을 했다.

"이번에 여고와 같이 하게 된다면 굉장히 혁명적인 일이라며 선배들도 난리던데?"

"혁명적인 일이요?"

"그래. 우리 학교가 처음에는 남녀공학이었는데 십 년쯤 되었을 때 나뉘었잖아. 그리고 지금처럼 다른 학교가 되어 지내게 되었고. 마치 우리나라와 북한처럼."

이 말에 내 눈동자는 휘둥그레졌다.

"근데 몇십 년 만에 다시 하나가 되어 축제 때 공연하는 거잖아. 나라도 못하는 걸 후배들이 한다고 대단하다고 하더라. 잘해 봐. 내가 선배들 죄다 데리고 갈 테니까. 알겠지?"

"고맙습니다."

이 말에 내 안에서 무한한 힘이 생겼다. 지금 우리가 하는 일이 어찌 보면 정말 대단한 일일 수도 있겠다. 나라도 못하는 걸, 어른들도 못하는 걸, 우리 청소년들이 하려고 노력하니까 말이다. 무심코 머릿속에만 있던 생각을 밖으로 꺼내 봤는데 이 말이 차츰 현실이 되어 간다. 이 일을 반드시 이루어 내고 싶은 마음이 생겼다. 이날의 마음을 일기장에 고스란히 적었다.

'용기를 내지 않으면 기적은 일어나지 않는다. 기적은 용기를 내는 사람에게 일어나는 법이니까.'

이 말은 다짐이기도 했다. 더 이상 일 년 전의 나처럼 아무 말도 못 하는 내가 아닌, 내가 바라는 걸 당당히 말할 수 있는 내가 되겠다는 다짐이었다.

또다시 일주일이 흘렀고, 우리는 다시 한 번 여고 앞 커피숍에서 모였다. 그때처럼 우리도 셋, 여고 문예부도 셋, 여기에 여고 연극부도 셋이 모여 모두 아홉 명이 자리에 앉았다. 사람들이 많아지니 이번에도 긴장이 되었다. 서로 멀뚱멀뚱 쳐다만 보고 있을 때, 내가 먼저 입을 열었다.

"안녕. 문예부 부장 민규라고 해. 만나서 반갑다."

딱딱한 내 인사에 다들 싱겁게 웃었다. 그렇다고 이 싱거운 분위기가 싫지 않았다. 이런 분위기가 나도 그렇고 여기 있는 모두를 더 편하게 만들어 주는 듯했다. 여고 문예부장인 나래가 연극부장을 소개해 줬다.

"이 친구가 연극부장이야. 우리 얘기 듣고 대단히 좋아했어. 소설 명대사나 드라마 대사도 줄줄이 외우는 엄청난 애야."

그러자 연극부장 친구가 부끄러운 듯 말을 얼버무리며 말했다.

"엄청나긴, 그렇지 않아. 아무튼 반갑다. 내가 연극부장이고 이름은 연주야, 나연주."

조금 전까지 부끄러워하면서도 자기 입으로 연극부장이라고 말할 때는 굉장히 자신감이 넘쳐 보였다. 서로 인사를 마치고 문학의 밤 이야기를 더 자세히 나누었다.

"난 너섬고등학교 30주년 기념으로, 그리고 문예부 30주년 기념으로, 여고 문예부와 함께 문학의 밤을 준비하려고 해. 우리와 여고 문예부가 같이 글을 쓰고, 무대에서는 여고 연극부와 같이 연기하고 싶어. 그래서 너희들한테 많이 배우면서 작품을 만들고 싶어."

말이 끝나자 연극부장 연주가 내 눈을 똑바로 쳐다보았다.

"그럼 왜 우리랑 함께하는 게 좋다고 생각했어?"

연주는 뭔가 시험하는 듯한 말투였다. 이 말에 우리 모두가 긴장했다. 무척 떨렸다, 엄청나게. 하지만 떨리는 심장을 부여잡고 조곤조곤 말했다.

"배우들이니까."

연극부원 여학생 셋은 모두 흠칫 놀랐다.

"너희는 우리가 볼 때 배우니까. 우리가 쓴 작품에 배우들이 연기하면 그것만큼 좋은 게 어디 있어. 드라마나 영화에서도 전문 작가가 있고 배우가 있는 것처럼 우리도 우리 작품에 너희를 모시고 싶어. 배우로."

다들 아무 말도 하지 않고 침묵이 이어졌다. 나랑 같이 온 문수와 오순이도 어떤 말들이 이어질까 긴장한 탓에 아무 말도 못 했다. 내 말이 너무 부담스러워 이런 분위기가 되었다는 생각이 들었다. 하지만 이미 엎어진 물이니까, 내친김에 용기를 더 내보았다. 어제 일기장에 적은 것처럼 기적은 용기를 내는 사람에게만 일어나는 법이니까.

"그러니까, 같이 만들자. 문학의 밤이라는 연극을."

"그래, 좋아."

연극부장 연주의 대답에 우리 모두 놀랐다. 얘기가 길어질 줄 알았는데 아주 시원하게 동의했기 때문이다. 문예부장인 나래가 나중에 공연 연습을 하면서 연주에게 남고 문예부와 같이 하겠다고 대답한 까닭을 물어봤는데, 연주가 이렇게 대답했다.

"우린 항상 고전 작품들만 공연했거든. 근데 너희들 얘기를 들은 뒤부터 또래 학생들이 직접 쓴 대본을 연기하면 어떨까 궁금했어. 어떻게 보면 우리가 창작극의 첫 배우가 되는 거라는 생각도 들고. 막 상상만 해도 재미있더라고."

그렇다. 그들은 내 창작극의 첫 배우다. 지난번은 독백이 중심이 되었다면, 이번 문학의 밤은 여고 문예부와 연극부의 합류로 완벽한 연극의 모습을 갖추었다. 그러니까 이것이 내 인생에서 첫 번째 창작극인 셈이다.

여름방학으로 접어들자 우린 더 본격적인 회의를 시작했다. 세 부서의 부원들이 모이니 서른 명 가까이 되었다. 서른 명이 한 팀이라면 소란스러울 법도 한데, 모두 엄청난 집중을 하는지 대본 작업도 일사천리로 진행했다. 나와 여고 문예부장을 중심으로 대본을 만들었다.

8월 중순 무렵, 마침내 모두가 동의한 원고가 나왔다. 이것이 우리의 첫 대본이다. 그리고 어느새 축제가 한 달 앞으로 다가왔다. 대본이 나온 뒤로 여고 문예부는 대본을 잘 부탁한다는 말을 남기고 빠졌다. 이제부터는 여고 연극부와 소통한다.

공식 연습 첫날. 여고 연극부원들은 땀을 잔뜩 흘릴 준비를 한 채 운동복을 입고 나타났다. 그 친구들이 입은 운동복은 마치 프로 배우의 옷차림으로 보였다. 반면 우리는 소풍을 나온 일반인들처럼 저마다 다른 사복을 입은 채 모였다. 첫 연습날에는 연극부장인 연주가 연습을 진행하기로 했다. 연주는 우리를 둥글게 모아 놓고 말했다.

"자, 연습 시작하기 앞서 발성 연습을 할 겸, 모두 우리는 배우다 세 번 크게 외치고 연습 시작합시다. 자, 셋 셀게요. 하나, 둘. 셋. 우리는 배우다."

"우리는 배우다!"

"우리는 배우다!"

이 말에 우리들의 열정은 드높아졌다. 마치 진짜 배우라도 된 것처럼 말이다.

머릿속 생각을 입 밖으로 꺼내자 그 말들이 기적처럼 하나씩 이루어지는 것 같았다. 공연까지 이제 딱 한 달 남았다. 기다려라. 지난 일 년 동안 기다리고 기다렸던 내 고등학교 마지막 문학의 밤아.

로봇 탈출 성공

그렇게 기다려 왔던 문학의 밤이지만 문학의 밤이 가까워질수록 마음이 아파 왔다. 처음에는 무섭고 두려웠던 문학의 밤이지만 어느새 그것이 나의 꿈이 되었기 때문이다.

곰곰이 생각해 보니 지금까지 나에겐 꿈이 없었다. 고등학교 1학년 문학의 밤을 끝냈을 때야말로 처음으로 꿈이 생겼다. 문학의 밤이라는 꿈이. 나로서, 문예부원으로서, 이 문학의 밤을 잘 만드는 것, 그것만이 내 꿈이었다. 그래서인지 이 시간이 지나면 내 꿈도 사라질 것 같은 생각이 들어 모든 순간 더욱 열심히 했다. 이미 예고된 사라질 꿈을 더 만끽하기 위하여.

"자, 대사를 너무 딱딱하게 외우려고 하지 마. 그냥 내가 대사를 주면 넌 느껴. 그리고 느끼는 대로 반응해."

공연을 보름 앞둔 어느 날, 연습을 하다가 연주가 말했다. 나는 연주가 한 말처럼 그저 느끼려고 했다. 문학의 밤이라는 순간을, 그리고 대사를 주고받는 찰나를.

"좋아. 이제야 잘하네."

"야호!"

연주가 칭찬하자 문예부원들은 모두 소리를 질렀다. 그도 그럴 것이 우리 문예부원들의 연기를 처음 봤을 때 연주는 깜짝 놀랐다. 우리들은 대사를 칠 때마다 힘이 바짝 들어가서 마치 로봇처럼 보였다. 그럴 때마다 연주는 우리에게 '연기술'을 가르치지 않고 '느껴지는 대로 반응하기'로 우리를 이끌었다. 그러자 어느새 우리 대사가 처음보다는 확실히 편해졌다. 연주는 우리에게 가장 좋은 연기 선생님이었다. 가르치는 것뿐만 아니라 무대에서 함께 호흡하니 더 빨리 성장했다.

"연기를 시작할 때 가장 좋은 자세는 가장 편안한 상태에서 하는 거야. 억양이나 말에 무리하게 힘을 주거나 기술을 부리면 부자연스러워져. 좋은 연기는 멋있는 연기가 아니라 편안한 연기야."

연주가 말할 때마다 모두들 정신을 똑바로 차린 채, 자기만의 방식으로 이 말들을 기록했다. 연주는 연기에 대해 정말 많이 알았다. 배우가 꿈이며, 연기 공부가 취미라고 할 정도였으니 말이다. 연습을 하면서 이런 순간들이 많아질수록 연주에 대한 또 다른 승부욕이 생겼다. 지금은 연주에게 열심히 배우지만 무대에 올라섰을 때는 경쟁이 가능한 배우가 되겠노라고, 나는 날마다 연주가 알려 준 발성 연습, 호흡 연습, 스트레칭을 했다.

"무대에서 소리를 낼 때는 소리를 길게 뻗어야 해."

"어떻게요?"

오순이가 고개를 갸웃거리며 물었다.

"저 객석 끝까지 내 소리를 보낸다고 생각하면서 소리를 길게 밀어야 해."

"무슨 말인지 잘 모르겠어요."

그러자 연주는 '아' 소리를 길게 내며 이 소리를 무대 끝으로 보낸다는 것을 보여 주듯 소리를 계속 밀었다. 소리를 민다는 게 정말로 느껴졌다. 연주가 그 소리를 손가락으로 가리키자 눈앞에 소리가 보이는 듯했다. 호흡이 앞으로 쭉쭉 뻗어 나가는 느낌이었다. 연주의 시범이 끝나자 우리는 박수를 쳤다.

"우리가 말을 할 때 보통은 호흡이 앞으로 툭툭 떨어지거든. 근데 무대에서 말할 때는 떨어지면 안 돼. 호흡을 앞으로 쭉쭉 보내 줘야 해. 안 그러면 무대를 보는 관객들이 답답해져. 자자, 다들 한번 해 봐."

문예부원들은 연주가 말하는 대로 '아' 소리를 내며 길게 소리를 뻗어 보았다. 하지만 연주처럼 나오지 않고 금방 호흡이 끊기고 소리가 땅으로 떨어졌다.

"어우, 선배님. 힘들어요."

"연습할 때마다 대사 연습하기 전에 호흡, 발성 연습만 한 시간 씩 하는데, 바로 대사 연습하면 안 되나요?"

오순이와 상일이가 힘들어할 때마다 연주는 한결같이 대답했다.

"하루를 쉬면 내가 알고, 이틀을 쉬면 상대 배우가 알고, 사흘을 쉬면 관객이 안다고 했어. 그러니까 기본기가 가장 중요해."

기본기 연습을 한 시간씩 하는 건 힘들었다. 그럴수록 부장으로서 더 모범이 되려고 부원들을 부추겨 가며 연습에 연습을 거듭했다.

"소리가 앞으로 안 나가는 건 몸이 똑바로 펴져 있지 않아서야. 몸을 펴면 소리의 통로가 열리거든. 그러면 소리도 쭉쭉 더 퍼져 나갈 수 있어. 그러기 위해선 우린 뭘 해야 한다?"

"스트레칭이요."

연주의 가르침에 세뇌가 된 듯 스트레칭할 준비를 했다. 지금까지 우리가 몸 풀 때 했던 스트레칭은 국민체조 같은 것이었는데 연주가 가르쳐 주는 스트레칭은 달랐다.

"목부터 어깨, 가슴, 허리, 골반, 다리, 무릎, 발목 이렇게 위에서부터 아래로 내려오며 푸는 거야. 중요한 것은 펴는 거야. 온몸을 연다고 생각하고 펴야 해."

막상 들으면 어려운 말이지만, 손짓 몸짓을 하며 시범을 보여줘서 이해가 잘 되었다.

"으아아아악!"

오순이가 비명을 질렀다. 우리가 가장 힘들어하는 다리 찢는 스트레칭을 하는 중이기 때문이다. 스트레칭을 할 때마다 안 아픈 곳이 없었는데, 다리를 찢는 스트레칭은 특히 더 아팠다. 우리는 아파했지만 연주는 아주 편안하게 다리를 백팔십도로 쫙 벌렸다. 정말 무용수 같았다. 연주는 정말로 배우가 되려고 훈련을 많이 해 왔다는 게 느껴졌다.

"이걸 정말 날마다 할 수 있을까?"

성택이가 지친 얼굴로 말했다. 나는 당연하다는 듯 대답했다.

"해야지. 매일."

정말 이 말처럼 날마다 했다. 연습 때도 하고 집에서도 했다. 남는 시간에는 연주에게 자극을 받아 연기 이론을 공부하기도 했다.

참 재밌었던 건, 연기 공부를 잘하게 해 준 책은 이론서가 아니라 만화책이었다. 바로 〈유리가면〉이라는 일본 만화였다. 이 만화는 내가 초등학생 때 잠깐 나왔다가 중학생 때 다시 새로운 판형으로 만들어졌다. 여전히 완결되지 않았지만 이 만화 줄거리는 배우 지망생인 소녀가 연극을 하며 진짜 배우로 성장해 나가는 내용이다. 주인공 소녀는 여러 작품을 해 보면서 여러 선생님과 연출자에게 연기 지도를 받는다. 연기 지도를 받는 장면에는 정말 보석 같은 연기 이론들이 대사로 담겨 있다. 나중에는 대사 가운데 연기에 관한 내용만 공책에 따로 적어 두고 읽으면서 연습해 보기도 했다. 이전에 서점에서 사 왔던 《연극》이라는 이론서에 나온 내용들이 이 만화에 가득했다.

〈유리가면〉을 열심히 본 또 다른 까닭은 연주도 인상 깊게 봤다고 했기 때문이다. 그래서 한번은 둘이서 정신없이 〈유리가면〉으로 수다를 떨기도 했다.

이렇게 3주 동안 연습을 꾸준히 해 나가니 어느새 대사를 칠 때 내 목소리에 감정이 편안하게 실리는 느낌이 들었다.

"오, 말이 자연스러워졌는데. 로봇 탈출 성공."

아니나 다를까 연주가 눈치챘다. 소리와 몸 상태가 달라졌을 때 우리는 절정 장면을 연습했다. 모두 자기 위치로 가서 준비했고 연주가 다가와 대사를 건넸다.

"그곳에 가려고 지금 그 일을 하려는 거야?"

"응. 지금은 이 길밖에 없어."

"진짜 나를 찾으려면 그 세상에서 말고 지금 네가 밟고 있는 이 세상에서 찾으면 안 될까?"

"그건, 그건……."

갑자기 가슴이 아파 왔다. 목도 메어 왔다. 아주 아프도록……. 그러자 연주가 박수를 치더니 말했다.

"좋았어! 아주 좋아. 로봇 탈출 진짜 성공!"

기본기가 성장하니 상대 배역의 대사에 느껴지는 대로 반응하며 연기하는 수준도 성장했다.

"이렇게만 하면 무대에서 잘할 수 있겠어. 혹시 특별히 이야기

할 거 있어?"

연습을 이끄는 것은 연극부장 연주와 문예부 부장인 나였기에,

연주가 나에게 물었다.

"공연까지 일주일 남았으니까 모두 몸 관리 잘하고, 우리에게

남은 시간은 일주일. 문학의 밤은 두 번 다시 돌아오지 않으니

까 이 일주일 행복하게 지내 보자."

부담스러울 것 같은 말들은 내가 다 했다. 하지만 이런 말들은

어느새 진짜 나의 말이 되었다. 내 마음이 담긴 진정한 말들이었기

때문이다. 게다가 동료들은 이런 내 말에 이미 익숙했다.

그날 저녁, 집으로 돌아가는 길에 가로등만 훤히 비치는 길이

눈에 들어 왔다. 날마다 지나던 길인데도 오늘은 유달리 더 마음에

들었다. 어쩐지 이 가로등이 무대조명처럼 느껴졌다. 그래서인지

뭔가 대사 연습을 하고 싶었다. 다행히 이 길을 지나는 사람은 아

무도 없었다. 나도 모르게 큰 소리로 대사를 해 보았다. 해 보니까

잘 되는 것이 아닌가. 이참에 대사를 어디까지 외우는지 줄줄이 뱉

어 보았다.

"주변의 분위기가 싫다. 나를 감시하는 분위기. 이 분위기에서

탈출하고 싶다. 저 먼 곳으로!"

이렇게 대사 연습을 하는데 갑자기 뒤에서 낯익은 목소리가 들렸다.

"그 먼 곳은 어느 곳인데?"

내 대사 다음에 나오는 상대방 대사였다. 그리고 연습실에서 자주 듣는 목소리였다. 고개를 돌려 보니 연주가 서 있었다. 하굣길에 대사 연습을 한다는 것을 들켜 부끄러웠다. 그런데 연주는 되레 이렇게 말했다.

"대단해. 길을 걸으면서도 연습하는구나."

"마침 아무도 없고, 또 가로등이 조명 같기도 해서."

"가로등이?"

연주는 가로등을 바라보았다. 쭉 늘어선 가로등을. 이 길은 십오 분 동안 쭉 걸을 만큼 길게 이어져 있는데, 그날따라 사람들이 정말 한 명도 없었다. 연주도 내가 가로등을 보며 조명 같다고 한 말에 고개를 끄덕였다.

"진짜 조명 같네. 무대 같아."

"맞지?"

서로 생각하는 게 통하자 웃었다. 한참 웃고 나서 헤어질 때쯤 연주가 말했다.

"근데 너 진짜 열심히 하는 것 같아."

"그야, 내 꿈이니까."

"꿈? 어떤 거? 배우?"

"아, 아니. 문학의 밤."

보통 꿈을 물으면 직업을 말하기 마련인데 난 문학의 밤이라고 대답했다. 연주는 이런 내가 신기했나 보다.

"그럼 문학의 밤이 끝나면?"

"글쎄. 꿈도 사라지려나?"

"그건 뭔가 슬프다."

"그래서 지금 이 순간을 최대한 만끽하려고."

"만끽?"

연주는 내가 이런 단어들을 내뱉으면 웃었다. 어느새 문학의 밤에 익숙해져서인지 내 말은 일반 고등학생들이 쓰는 말과 달랐다. 연주뿐만 아니라 다른 아이들에게도 내 말투가 특이하다는 이야기를 많이 들었다.

'내가 하는 말이 애늙은이처럼 느껴지는 걸까?'

속으로 이런 생각을 하는 순간!

"그래! 같이 만끽하자!"

연주가 활짝 웃으며 말했다.

"남은 연습 기간을."

"그래, 만끽하자, 남은 시간을."

우리 둘은 맹세 같은 약속을 하고 헤어졌다.

그날 밤은 잠이 오지 않았다. 어쩌면 곧 지나갈 나의 소박한 꿈을 다른 사람에게 꿈이라고 처음으로 고백한 날이기 때문이다. 그리고 그 꿈을 같이 만끽하자고 약속 아닌 약속까지 했다.

누군가와 이런 감정을 나눌 수 있다니 이상했다. 하지만 이상한 것이 싫지 않았다. 가슴속이 따뜻해지는 느낌이었다. 문득 문학의 밤 때 썼던 대사 하나가 떠올랐다.

"메마른 가슴을 촉촉이 적셔 줄 비처럼, 답답한 가슴을 시원하게 해 주는 바람처럼, 그런 존재가 있다면……."

이 감정, 참 이상했다. 하지만 확실한 건 내일이, 그리고 이번 문학의 밤이, 더욱 기대가 되고 더욱 소중해진다는 사실이다.

이건 취미가 아냐!

어느덧 문학의 밤이 하루 전날로 다가왔다.

우린 '리허설'을 처음으로 일주일 넘게 진행했다. 지난해에는 하루 전날 리허설하는 게 전부였는데, 이번에는 연극부원 친구들이 있어서인지 진행하는 속도가 달랐다. 시작이 힘들었던 만큼 초반에 작품에 관한 땀을 많이 흘려서인지 오히려 그다음 과정은 한 번에 해결될 만큼 빨랐다. 그렇게 우린 서로가 분주하게 작업해 나가면서도 많은 작업을 해내고 있다는 사실에 성취감도 하루하루 커졌다.

나아가 우리 문학의 밤은 어느새 학교에서도 큰 화제가 되었다. 문예부가 여고와 거의 20년 만에 함께 문학의 밤을 준비한다는 것도 화제였고, 여고 연극부와 연극을 한다는 것도 화제였다. 그렇다고 이게 긍정적이지만은 않았다. 남고와 여고가 함께 축제를 준비한다는 걸 걱정하는 선생님들도 있었다. 그래서 우리는 더더욱 문학의 밤을 준비하는 기간에는 다른 학생들에게 모범이 되자고 부원들끼리 약속했다.

참 이상했다. 문학의 밤을 준비하는 것 자체가 마치 '진짜 배우'가 된 듯했다. 우리의 행동거지에 따라서 우리가 준비하는 작품이 관객들에게 다르게 보일 수도 있지 않을까. 그래서인지 무대에 서는 사람들은 평생 태도를 조심해야겠다는 생각도 들었다. 어떤 누구라도 내 무대의 관객이 될 수 있기 때문이다. 내가 '한번 해 보자'고 한 말 한마디에서 시작된 문학의 밤이다. 그 규모가 이렇게 커졌으니 무대를 대하는 책임감도 덩달아 커졌다.

지난해와 다르게 문학의 밤을 보러 오겠다고 한 졸업생 선배들도 오십 명이나 되었다. 정말 처음 각오대로 두 배 이상 잘하게 되나 보다. 문예부실에서 내일 우리를 보러 온다는 관객 수를 확인하다가 성택이 입으로 믿을 수 없는 소식을 들었다.

"내일 문학의 밤을 보러 온다는 분이 삼백 명이 넘어."

문학의 밤 공연을 올리는 학교 시청각실에는 삼백오십 명 정도 들어갈 수 있다. 보통 여기서 공연을 하면 절반을 채우는 것도 기적이라고 여기는데, 이번엔 정말로 여기를 꽉 채울 수도 있겠다는 기대가 생겼다. 축제 때는 늘 밴드부, 댄스부 같은 대중예술 동아리가 관객이 많았고, 우리 문예부나 미술부 같은 순수예술 동아리는 관객이 적었다. 그런데 이번에는 예상 관객 수 순위에서 모든 동아리를 통틀어서 문예부와 밴드부가 공동 일등이었다. 우리는 매우 놀랐다.

"왜 우리를 찾는 관객들이 많아졌을까?"

문수가 묻자 우리는 생각에 잠겼다. 아무리 머리를 굴려 봐도 답은 하나밖에 없었다. 처음에는 하나였던 너섬남고와 너섬여고가 20여 년 만에 같이 축제를 준비한다는 것. 그것도 학생이 중심이 되어서 말이다.

"진짜 어른들이 못 한 걸 우리가 한 걸 수도 있겠다."

내 말에 우리는 모두 또다시 진지해졌다. 우리가 하는 이 작업이 어쩌면 학생들이 하는 일이지만 굉장히 의미 있는 작업이지 않을까.

"통일되면 이런 느낌일까요?"

하물며 이런 말을 하는 부원도 있었다. 분단국가에서 사는 사람들 모습이 작은 사회의 울타리 안에서도 느껴질 수 있듯이, 우리는 서울의 너섬이라는 섬에서 지내는 고등학생들 이야기를 하지만, 이 이야기는 어쩌면 대한민국의 이야기일 수도 있겠다는 생각이 들었다. 공연 하루 전날 이런 이야기를 주고받자 우리 모두는 전기가 오른 듯 놀랐다.

"진짜 우리가 엄청난 걸 하고 있구나."

"갑자기 막 엄청 셀레는데……."

연주가 말하자 다른 연극부원 친구가 답했다.

예상 관객 수를 듣고 나누게 된 이야기지만, 우리는 '공연을 하는 사람으로서 자부심' 같은 것을 느끼게 되었다. 우리들이 좋아서 하는 '작업'에 '사회적 의미'를 굳이 찾아본다면 청소년인 우리도 사회에서 어떤 한 점이 될 수 있지 않을까. 내가 하는 이 일이 오늘날 꼭 필요한 일일 수도 있겠다.

모든 이야기를 끝낸 다음 우리는 내일을 기다리며 함께 '파이팅'을 외치고 헤어졌다.

집으로 돌아가는 길에 많은 생각이 맴돌았다.

'내일이다. 내일이면 내 마지막 문학의 밤이 올라간다.'

그런데 마음 한구석이 허전해졌다. 나는 지난해 문학의 밤 때도 부모님을 부르지 못했다. 그때는 부모님이 문학의 밤을 봤다면 문예부 활동을 반대할 것 같아 말도 꺼내지 못했다. 한편으로는 내가 무언가에 매진하고 땀 흘리는 모습을 부모님이 본다면 날 자랑스러워하지 않을까. 그래서인지 마지막이 될 이번 문학의 밤만큼은 부모님께 보여 드리고 싶었다.

집 앞에 도착했다. 초인종이 보였다. 지난해에도 이 초인종을 보며 말을 꺼낼까 말까 고민을 했다. 일 년이 지난 오늘 밤, 부모님께 말씀드려야겠다고 굳게 마음먹고 초인종을 눌렀다.

'띠리리리리리리리리.'

초인종 소리는 일 년 전과 같았다.

문이 '땅' 하고 열리자, 연습한 대로 크게 숨을 들이쉬고 집으로 한 걸음 내딛었다.

집에 들어오자 나는 일 년 전과 마찬가지로 부모님의 눈치를 봤다. 집에 들어오면서 부모님께 문학의 밤을 말하겠다고 결심했는데 막상 들어와 보니 선뜻 용기가 나지 않았다. 그래도 이번이 마지막이 될지도 모르는데, 이게 지금의 내 꿈인데……. 부모님이 어떻게 생각하시든지 내 꿈을 한 번쯤 보여 드리고 싶었다. 그나마 어머니가 조금은 더 내 얘기를 들어 주실 것 같아서 부엌으로 갔다.

어머니는 여느 때와 마찬가지로 부엌에서 설거지를 하고 있었다. 어머니는 설거지가 끝나면 방으로 들어가기 때문에 이때를 놓치면 아버지, 어머니 모두에게 말씀드려야 한다. 아버지는 '끝판왕'이다. 게임에서도 '최종 보스'라 불리는 끝판왕을 이기려면 힘을 키워야 하니까 난 그 힘을 얻고자 어머니랑 먼저 이야기하기로 했다. 이날은 운 좋게 타이밍이 맞았다.

냉큼 부엌으로 가서 뒷정리를 도왔다. 어머니는 평소에 이런 행동을 잘 안 하는 내가 이러니 설거지가 끝난 뒤 대뜸 물었다.

"혹시 용돈 필요해서 그래?"

"아냐, 엄마."

"근데 갑자기 왜 이래?"

"갑자기라니, 이럴 때도 있는 거지."

이 말에 어머니는 피식 웃었다. 그러더니 뭔가 내 생각을 꿰뚫는 눈빛으로 날 보았다.

"그럼 엄만 들어가서 잔다."

어머니가 부엌을 나가려 하자 난 어머니를 붙잡듯이 말했다.

"엄마, 나 내일 학교 축제에서 공연해."

어머니는 멈칫하더니 무슨 소린가 하는 표정으로 날 보았다.

"실은 말 못 했는데, 문예부에서 문학의 밤을 지난해부터 했어. 연극 같은 거야. 내가 글을 썼고 배우로도 나와. 굉장하지?"

어머니는 아무런 대꾸도 없이 날 계속 보았다.

'그만하라는 얘기인가?'

난 멈출 수 없었다. 지금 말하지 못하면 평생 못 할 것 같았다. 이번 문학의 밤도 용기 낸 한마디 말에서부터 여러 가지 기적이 펼쳐지지 않았나.

"그리고 이건! 내가 창작한 작품이야. 이번엔 지난해보다 더 크게 해. 우리 공연에 여고 연극부도 함께하거든. 그것도 내가 기획했어. 어른들도 못 하는 거 우리가 했다고 다들 칭찬이 자자해."

어머니의 표정은 바뀌지 않았다. 한 번에 너무 많은 정보가 들어와서 그런가 어머니 입은 좀처럼 열리지 않았다.

"지난해 문학의 밤이 끝나고 일 년 동안 내일만 기다렸어. 근데 이게 내 마지막 문학의 밤이야. 그, 그래서…… 마, 만약 시간이 되면, 내일 엄마가 봤으면 해서……."

정리도 안 된 말들을 줄줄이 내뱉었다. 잠깐 침묵이 흘렀다. 예체능을 끔찍이 멀리하는 집안이기에 어머니는 당연히 놀랐을 거다. 예상과 달리 엄마의 대답은 간단했다.

"그래, 보러 갈게."

"정말?"

"그래, 마지막이라며?"

어머니 입에서 마지막이라는 말이 나오자 마음이 이상했다.

"응……. 근데 진짜 보러 올 거야?"

"학창 시절 마지막 추억이 될 수도 있다는데, 보러 가야지."

"정말? 엄마. 고마워."

"단, 연극 그거 네 말대로 이번이 끝이어야 해. 알았지? 취미는 이번이 마지막이고, 대학 가서 즐기는 거야."

갑자기 모든 생각이 멈췄다. 난 아무 말도 하지 못했다. 다시 예전으로 돌아간 듯했다. 어머니는 내일 보러 오겠다고 약속하고 방으로 들어갔다.

잠을 자기 전까지 머리가 아팠다. 내가 어머니한테 이번이 '마지막' 문학의 밤이라고 말했기 때문이다. 그 말대로 이번이 끝이어야 한다는 어머니 말이 무섭게 들렸다. 끝이라니? 그게 정말 맞는 걸까. 게다가 왜 취미가 아니라는 말은 못 했을까. 이건 내 취미가 아니라, 내 꿈이다. 문학의 밤이라는 작품으로 사람들과 소통하는 것. 이게 내 꿈이 되었다. 그런데 내일이 끝이라는 것을 어머니 입으로 들은 게 너무도 마음이 아팠다. 마치 그 '마지막'이라는 말에 내일이 오지 않을 것 같은 느낌이 들었다.

새벽쯤 어머니 아버지가 말다툼하는 소리가 오랜 시간 들렸다. 어렴풋이 내 귀에 들린 단어는 '연극이니', '딴따라니', '이런 걸 왜', '마지막이래' 같은 말들이었다. 문학의 밤을 하루 앞둔 날 밤은 좀처럼 잠이 오지 않았다. 마음이 무거웠다. 마치 납덩이처럼.

하지만 괜찮다. 난 말했으니까. 자고 일어나면 무거웠던 마음의 짐도 문학의 밤이라는 꿈이 기적처럼 날려 줄 거라고 믿었다.

마지막 문학의 밤, '우리는 배우다'

아침에 일어나자마자 집에서 잽싸게 나왔다. 어머니가 아침밥을 차리기도 전에 나왔다. 아침을 같이 한다면 어젯밤 어머니와 아버지가 나눈 이야기를 나한테도 할 것 같았다. 혹여나 오늘 문학의 밤에 안 좋은 영향을 끼칠 수 있을 것 같아 오늘만큼은 문학의 밤에만 집중하려고 일찍 나왔다.

평소보다 한 시간 반이나 일찍 도착했다. 오늘은 축제날이니까 아침 조회 시간에만 출석 확인하고 축제 준비를 하면 된다. 빈 운동장은 마치 무대 같았다. 난 어쩌면 학교라는 무대를 채우는 한 명의 인물이라는 생각이 들면서도 이런 빈 공간의 기운이 싫지 않았다. 빈 공간이 오늘 저녁에는 가득 찰 거니까. 공허는 환희로 바뀔 거라고 믿었다.

빈 공간을 한참 누리고 시청각실로 갔다. 문예부원들은 여고 연극부원들이 오기 전까지 무대 설치를 마무리해야 했다. 무대를 잘 모르는 우리들이 만들어서 무대 세트라고 말하기에는 영 찜찜했지만, 두 번째로 만든 무대라서 나름대로 멋져 보였다.

무대 작업이 마무리될 즈음 연주 목소리가 들렸다.

"와우! 멋지다. 진짜 무대 같아."

우리가 만든 무대를 연주를 비롯한 연극부원들 모두가 마음에 들어 하는 것 같았다. 무대 설치를 끝내고 분장을 했다. 시청각실에서는 공연이 여럿 이어져서 공연 전까지는 시간 싸움이다. 분장, 소품 확인, 리허설, 그 밖에 해야 하는 것들을 잽싸게 마쳐야 한다. 두 번째다 보니 왠지 여유가 있었다.

오후 4시쯤, 나는 다른 부원들보다 한 시간 먼저 준비를 다 했다. 잠깐 여유를 만끽하고자 운동장으로 나왔다. 아침에는 혼자 있던 빈 공간이었지만 지금은 사람들로 가득하다.

동아리 공연을 보려고 다른 학교에서 온 학생들부터, 선생님들, 그리고 학부모들로 가득했다. 사람들 웃음소리가 여기저기서 들렸다. 활기차 보였다. 축제란 이런 것이구나 하며 멍하니 사람들을 보고 있는데 어머니, 아버지가 생각났다. 설마 오실까 싶지만, 새벽에 두 분이서 나누는 이야기가 방 너머로 들려와 한편으로는 두렵기도 했다.

'관객으로 오는 사람이 누구든 간에 우리가 만든 문학의 밤을 보면 모두 설득될 거야, 저 운동장에 있는 사람들처럼.'

그렇다. 두려운 것도 잠깐일 것이다.

"자. 준비하자, 준비!"

성택이 목소리가 들렸다. 진짜 시작인가 보다.

공연 한 시간 전이 되자 모두 시청각실 앞으로 모였다. 분장과 더불어 의상, 소품…… 모든 것을 다 준비한 채.

문예부보다 앞서 공연을 하는 동아리는 관현악단이다. 관현악단 공연이 끝나면 바로 시청각실에 들어가야 한다. 익숙한 상황이다. 지난해와 똑같았으니까. 하지만 지난해와 다른 점이 있다면 그건 '자신감'이다. 그리고 지금 이 순간이 소중하다는 것을 안다는 점이다.

시청각실 안에서 박수 소리가 터져 나왔다. 마침내 시청각실 문이 열리자 관객들이 우르르 나왔다. 관객들이 모두 나온 다음 우린 잽싸게 시청각실로 들어갔다. 관현악단 동아리와 마치 '바통 터치' 하듯 교대를 하고 시청각실을 환기시켰다. 이 뜨거운 열기가 있는 공간을 우리의 열정으로 바꾸기 위하여.

시청각실에 들어와 기기와 동선 확인, 그밖에 모든 공연 준비를 다한 뒤에 우리에게 남은 시간은 삼십 분이다. 십오 분 전에 관객을 받기로 했으니 이제 해야 하는 건 딱 하나밖에 없었다.

"자, 모두 무대 위로 모이자."

그것은 바로 파이팅을 외치는 의식인 '파이팅콜'이었다. 모두 모이자 숫자가 어마어마했다. 여고 연극부까지 있으니 거의 서른 명 가까이 되었다.

이번엔 내가 부장이니까 부원들을 대표해서 파이팅콜을 해야 한다. 파이팅콜에서 가장 중요한 것은 마음을 하나로 모으는 것. 모두들 손을 가운데로 모으자 난 입을 열었다. 따로 어떤 말을 준비한 건 아니다. 하지만 나올 말들은 이미 가슴속에 가득했다.

"밖에 관객들이 엄청나게 많이 있는 것 같아. 하지만, 난 지난해보다 떨리지 않아. 그만큼 준비를 많이 해서 그런 게 아닐까 싶어. 이거…… 진짜 마지막 문학의 밤이잖아. 3학년은 축제에 참가할 수 없으니까 2학년들에겐 학창 시절 마지막 문학의 밤일 테고. 그래서 이 마지막이 관객들에게 영원히 기억되는 공연이었으면 좋겠어. 그리고 이번에 십여 년 만에 처음엔 하나였던 남고와 여고가 함께 만드는 문학의 밤이니만큼 이것도 또 하나의 역사가 될 거야. 우리가 흘린 땀만큼 관객들이 느끼게 해 주자. 자, 그럼!"

그러고 나서 내가 파이팅을 외칠 거라고 생각했나 보다. 하지만 난 이 순간을 나 혼자 마무리 짓고 싶지 않았다.

"마지막 파이팅콜은 연극부 부장인 연주랑 같이 할게."

"내가?"

"응. 우리한테 연극이 무엇인지 알려 줬고, 너희가 없었으면 이렇게 준비하지도 못했을 거야. 그러니까 이 순간은 같이 외쳤으면 좋겠어. 다들 동의하지?"

모두들 한마음이었다.

"연주도 한마디 해 줘."

그러자 연주가 쑥스러워하면서 입을 열었다.

"으음, 다들 정말 고생했고, 무대에서 조금 더 고생하자."

이 말에 부원들은 모두 웃었다.

"자, 그럼, 우리 첫 연습 때처럼 목도 풀 겸 '우리는 배우다' 세 번 외치고 공연 준비하는 거 어때?"

연주가 나한테 물었다.

"좋아."

연주와 내가 먼저 외쳤다.

"자, 그럼 우리는 배우다!"

우리가 말하자, 모두 따라 말했다.

"우리는 배우다!"

"우리는 배우다!"

"우리는!"

마지막에는 모두가 다 있는 힘껏 외쳤다. 이 공간을 가득 채우 도록.

"배우다!"

이 말과 함께 우리는 무대 배경막 뒤 배우들이 대기하는 공간으로 갔다.

곧바로 시청각실 문이 열리는 소리가 들리고 관객들이 우르르 들어오는 소리도 따라 들렸다. 공간이 가득 채워지는 듯 온기가 느껴졌다. 관객들이 웅성웅성거리는 소리만 들어 봐도 엄청 많은 수가 온 듯했다.

호기심이 생겨서 잠깐 배경막 사이 틈새로 객석을 살펴봤다. 정말 많은 사람들이 객석을 가득 채웠다. 그런데 아뿔싸. 맨 앞줄에 우리 부모님이 앉아 계신 것이 아닌가. 갑자기 심장이 미치도록 뛰기 시작했다. 진정이 되지 않았다. 마음속으로 주문을 걸고 있는데 연주가 다가왔다.

"떨려?"

"아…… 그게, 응."

"당연한 거야."

"그런 거겠지?"

"그럼. 이게 네 꿈이라며?"

"뭐?"

"꿈을 이루는 순간이니까 떨리는 게 당연한 거 아냐? 안 떨리는 게 이상한 거야."

"그, 그러네."

"나도 네 꿈을 위해 멋지게 할게."

"응. 멋지게, 나, 나도."

연주와 잠깐 동안 나눈 그 말에 뭔가 느껴졌다. 지금 이 순간이 내 꿈의 무대라는 것을. 그 생각이 들자 부모님이 와 있다고 생각해도 두렵지 않았다. 오히려 기대가 됐다. 내 공연을 보고 무얼 느끼실지 말이다.

마침내 객석을 비추는 등이 꺼졌다. 공연을 알리는 신호다. 곧이어 익숙한 목소리가 들렸다.

"안녕하세요. 문예부 3학년 허승수."

"최동휘라고 합니다."

지난해 함께 문학의 밤을 준비한 승수, 동휘 선배가 사회를 맡았다. 가슴이 뜨거워졌다.

"이번 제30회 문학의 밤을 찾아 주신 여러분들 진심으로 환영합니다."

"문학의 밤은 30년 동안 이어져 오고 있는데요. 이번 문학의 밤은 특별히 남다른 의미가 있습니다. 그건 바로."

"원래는 하나였던 너섬남고, 여고가 20년 만에 다시 함께 무대에 오르게 되었기 때문입니다."

"이 영광스러운 순간은 오늘 무대에 오르는 이들이 직접 만들었습니다."

"하지만 이 순간은 오늘이 지나면 영영 돌아오지 않습니다."

"그래서 이 순간을 위해 우리 모두가 주인공이 된다는 마음으로 힘찬 박수를 부탁드리겠습니다."

승수, 동휘 선배는 아주 멋지게 한마디 한마디씩 주고받으며 사회를 봤다.

"그럼 제30회 문학의 밤 시작하겠습니다."

마지막 인사가 끝나자 관객들의 박수 소리가 가득 울려 퍼졌다. 박수 소리가 멎을 즈음 무대에 조명이 들어왔다.

'이제 시작이다.'

숨을 깊게 들이마시고 무대로 나갔다.

내 마지막 문학의 밤을 향하여. 취미가 아닌 내 꿈인 문학의 밤을 향하여.

진짜 꿈을 찾아서

무대는 밝아졌다.

나는 어느새 무대 위에 서 있었다. 일 년 전과 같은 공간, 같은 무대지만, 다른 작품, 다른 배역, 그리고 다른 내가 되어 있었다.

우리가 하는 작품은 부익부빈익빈 때문에 사회적으로 만들어진 청소년들의 따돌림 문제를 다루었다. 내가 맡은 배역은 따돌림을 당한 뒤, 자살하려는 인물이다. 연주가 맡은 배역은 이 인물에게 유일하게 관심을 가져 주어 비극을 막는 인물이다.

"주변의 분위기가 싫다. 나를 감시하는 분위기. 이 분위기에서 탈출하고 싶다. 저 먼 곳으로!"

하굣길에 늘 연습했던 대사를 뱉었다. 그리고 그 대사를 연주가 배역으로서 받아 주었다.

"그 먼 곳은 어느 곳인데?"

"그 먼 곳은 나를 속박하는 시선이 없는 곳. 한 걸음 한 걸음 내 뜻대로 자신 있게 나아갈 수 있는 곳. 어쩌면 자유로운 발걸음을 할 수 있는 곳. 그 어떤 편견 없이 진짜 나답게 걸어갈 수 있는 곳. 진짜 나를 찾을 수 있는 곳."

난 마치 날듯이 팔을 펼쳤다. 그러자 연주도 내게 손짓했다.

"그곳을 가려고 지금 그 일을 하려는 거야?"

"응……. 지금은 이 길밖에 없어."

"진짜 나를 찾으려면, 그 세상 말고 지금 네가 밟고 있는 이 세상에서 찾으면 안 될까?"

나는 이 말에 멈춰 섰다. 그리고 연주를 바라보았다. 연주는 내게 한결같이 손을 내밀고 있었다. 갈림길이 보였다. 어느 길로 가야 하나.

내가 맡은 배역의 갈림길이 진짜 지금 나의 갈림길처럼 보였다. 나 또한 갈림길에 놓인 기분이었다. 꿈이 없는 나는 죽은 삶을 사는 거나 다르지 않다고 느꼈기 때문이다. 나는 천천히 반대편으로 시선을 돌렸다.

"진짜 나를 찾는 것."

"응. 여기서 진짜 너를 찾아가자."

나는 연주의 손을 잡았다. 그리고 걸었다. 진짜 나를 찾기 위한 길로. 내가 걷는 길을 따라 무대는 천천히 어두워졌다.

그리고 무대가 밝아졌을 때 내가 도착한 곳에서 나를 환영해 주는 친구들이 있었다. 그 친구들은 다 나와 오래전 인연이 있었지만, 나를 못 봤던 사람들이었다. 그들은 나한테 다가와 한 명씩 속마음을 고백했다.

상일이가 다가와 말했다.

"넌 나에게 소중한 사람이야. 우리 초등학교 때 학교 마치면 늘 집에 같이 가고 좋았잖아. 난 지금도 너랑 그때 나눴던 많은 이야기들이 떠올라. 그런 넌 나에게 참 소중한 사람이야."

이번에는 오순이가 다가와 말했다.

"넌 나에게 소중한 사람이야. 너는 어떻게 느낄지 모르겠지만 난 혼자 밥 먹는 게 눈치가 보였어. 그런데 넌 그런 내 앞에 다가와서 먼저 도시락 통을 꺼내 밥을 먹었어. 너 덕분에 중학교 시절을 잘 보낼 수 있었어. 그런 넌 나에게 참 소중한 사람이야."

성택이가 다가와 말했다.

"넌 나에게 소중한 사람이야. 기억 나? 운동회 때 안경을 잃어버렸는데 아무도 관심 없었어. 그런데 넌 내 안경을 끝까지 같이 찾아 줬어. 난 안경이 없으면 정말 아무것도 안 보이거든. 너 덕분에 앞을 보며 무사히 집에 가게 됐어. 그런 넌 나에게 참 소중한 사람이야."

이번엔 문수가 다가와 말했다.

"넌 나에게 소중한 사람이야. 존재만으로도. 네가 있다는 것만으로도."

연주가 한 번 더 손짓하니 그동안 보지 못했던 다른 친구들이 다섯 명 더 나타나 말했다.

"넌 나에게 소중한 사람이야."

내 기억 속 친구들은 모두 다 하나된 목소리로 날 보며 말했다.

"넌 나에게 소중한 사람이야."

순간, 가슴속에서 뜨거운 눈물이 올라왔다.

연주가 다시 나에게 물었다.

"이런데도 갈 거야? 나와 같이 가자. 넌 나에게 소중한 사람이야."

이 말에 얼음이 땡 하고 풀리듯 난 주저앉으며 꺼이꺼이 울었다. 그리고 내 기억 속 친구들은 모두 다 날 감싸 안아 주었다. 울음이 진정이 되었을 즈음 연주는 내 손을 잡고 말했다.

"그 길로 가지 않을 거지?"

"응."

내 기억 속 친구들의 안내를 받으며 밝은 빛이 보이는 곳, 현재의 일상으로 돌아가며 무대는 어두워졌다.

조명이 다시 켜진 순간, 관객들은 무대가 떠나갈 만큼 박수를 쳐 주었다. 청소년들이 직접 쓰고, 연출하고, 배우와 스태프를 모두 하는 이 무대는 프로 무대를 기준으로 삼으면 많이 부족하겠지만, 관객들은 숨죽여서 집중한 채 우리 연극을 봐 주었다. 우리는 십 대 청소년들의 고민을 우리 손으로 여지없이 펼쳐 보였다. 무거울 수 있는 내용이었지만, 관객들은 우리가 하는 말을 진심으로 귀기울여 들어 준다는 것을 느꼈다.

마지막 무대 인사를 하는 커튼콜이 진행되자 배우들은 모두 무대 위에 섰다. 관객들은 우리에게 전보다 더 뜨겁게 박수를 보냈다. 그 순간, 우리 부모님은 어떤지 알고 싶어서 눈으로 부지런히 찾았다. 하지만 관객들의 박수 소리에 뜨거운 눈물이 맺혀 아무것도 보이지 않았다. 마지막이라고 생각해서인지 이 행복이 더 슬프게 다가왔다. 인사를 끝내자 무대는 어두워졌다. 이제 고등학교 시절 마지막 문학의 밤이 막을 내렸다.

조명이 꺼진 어둠 속에서 관객들의 박수 소리가 가득 울려 퍼졌다.

문학의 밤이 끝나고

문학의 밤이 끝나고 문예부원들은 서로 껴안고 사진도 찍었다. 무대를 보러 와 준 지인들과 사진도 찍었다. 나만 빼고 모두 지인들이 많이 찾아와 주었다. 졸업한 선배들도 우리를 보자 소리를 질렀다. 규환 선배, 재영 선배, 호진 선배…… 모두 다 와 주어서 정말이지 오십 명도 더 넘어 보였다.

나를 보러 온 사람도 있긴 있었다. 공연장 밖에 부모님이 서 계셨다. 어머니는 날 보자마자 고생했다며 웃어 주었지만, 아버지는 잘 봤다는 말과 함께 약간 씁쓸한 표정이었다. 그러다 문수가 부모님 앞에 불쑥 나타나더니 말을 걸었다.

"아버님, 어머님. 제가 사진 찍어 드릴게요."

다른 부원들도 한두 명씩 몰려와 분위기를 만들었다. 연주도 있었다. 얼떨결에 부모님과 나, 그리고 형까지 모여 가족사진을 찍었다. 마음속으로 웃음이 피어 올랐지만, 심각한 표정을 짓는 아버지 때문에 애써 웃음을 참았다.

우리 문예부원들은 저마다 식구들과 시간을 보낸 다음 한 시간 뒤에 다시 만나기로 했다. 나는 부모님과 같이 밥을 먹었다. 아버지는 아무 말이 없었다. 그저 어머니만 '많이 먹어, 더 먹어' 하셨다. 침묵이 이어지고, 부모님은 집으로 돌아갈 때까지도 문학의 밤에 대해서는 아무 말도 하지 않으셨다.

부모님과 식사를 마치고 문예부원들이 다시 모이기로 한 약속 장소로 갔다. 바로 학교 앞 한강 공원이었다. 여고 문예부장 나래, 연극부장 연주, 서른 명 가까운 팀원들이 있었고, 재영 선배와 열 명 남짓 졸업생 선배들도 와 있었다. 빙 둘러앉아 서로를 보았다. 재영 선배가 일어서더니 말문을 열었다.

"안녕하세요. 졸업생 강재영입니다. 저는 문예부 졸업생 대표로 이 자리에 와 있습니다. 우선 오늘 문학의 밤 정말 잘 봤습니다. 보면서 몇 번이나 울컥했습니다. 여러분들이 참 부러웠습니다. 여러분들에게는 지금이 존재하기 때문입니다. 저에겐 이미 지나가 버렸으니까요."

재영 선배는 그 어느 때보다도 진지했다.

"그래서 이 자리에서 꼭 해야만 하는 것이 무엇일까 고민했습니다. 답은 하나였습니다. 이번 30회 문학의 밤을 준비한 여기 계신 모든 분들의 소감을 듣는 것입니다. 오늘이 지나면 다시 이 사람들이 모여 이야기를 나누는 게 굉장히 힘들 겁니다. 오늘이 아니면 할 수 없다고 생각합니다. 다들 생각이 어떤가요?"

재영 선배 말이 맞다. 언제 다시 이 친구들을 한자리에서 볼 수 있을까.

한 명씩 말을 이어 나갔다. 우리끼리 있을 때는 서로 말을 놓았는데 재영 선배가 사회를 보면서 존댓말을 하니까 우리도 모르게 존댓말을 쓰기 시작했다.

"안녕하세요. 성택입니다."

성택이가 인사하자 다들 소리 질렀다.

"지난해에는 공연 때 음향 스태프를 맡았습니다. 글은 같이 썼지만 뒤에서 배우들을 도와주는 것에 더욱 힘썼죠. 하지만 이번에는 무대에 같이 섰습니다. 그러니까 안 보이던 것들이 보이고 무대가 참 무섭다는 생각도 들었습니다. 어제까지 잠을 정말 못 잤는데, 확실히 한 번 경험해 본 민규나 문수는 엄청 잘 적응하더라고요. 그래서 속으로는 질 수 없다 생각하며 이를 악물고 했더니 어느새 끝났습니다. 2년이라는 문예부 활동 기간 동안 할 수 있는 건 다 해 보자고 마음먹었는데, 정말 다 한 것 같습니다. 그래서 정말 기쁩니다. 다 고맙습니다."

우리는 성택이 말에 박수로 답했다. 성택이는 말을 마치고 앉으려다가 갑자기 다시 일어났다.

"아, 이 말 안 하면 후회할 것 같아서 다시 일어났습니다."

성택이는 문예부 1학년 후배들을 쳐다봤다.

"1학년 후배들아, 너희들은 일 년 남았으니까 문예부에서 하고 싶은 거 다 해. 안 그러면 진짜 후회할 거야!"

모두들 폭소를 터뜨렸다.

열기가 오르자 이번에는 문수 차례가 왔다.

"저, 저는 문예부 활동이 참 좋습니다. 이번 문학의 밤은 정말 너무 힘든 게 많았습니다."

문수가 말을 하자 웃는 친구도, 눈물이 눈에 그렁그렁 맺힌 친구도 보였다.

"저는 숫기가 없는데, 처음에 학원을 같이 다닌다고 해서 나래에게 전화를 거는 일이 너무 힘들었습니다."

"어? 왜, 왜 힘들었는데?"

나래가 물었다.

"아, 아니. 나 여자한테 전화 건 거 처음이었거든……."

문수의 대답에 우리는 다시 한번 웃음이 빵 터졌다.

"그래서 여고 문예부도 만나고, 연극부도 만나면서 줄곧 긴장되었습니다. 지난해에는 선배들을 만나면서 긴장되었는데, 이번엔 더 더 더! 긴장이 되었습니다. 그리고 지, 지금도 긴장됩니다. 그래서 지금도 힘든 게 많습니다."

문수의 말에 웃음이 끊이지 않았지만 난 문수를 보면서 마음이 아팠다. 문수가 힘든 부분을 내가 많이 챙겨 주지 못한 건 아닐까 하는 생각도 들었고, 문수가 이 정도로 힘들었다는 걸 지금 알았기 때문이다.

"하지만, 힘들어도 좋습니다. 저에게 문예부는 참 힘든 곳이지만 참 좋은 곳입니다. 그래서 좋습니다. 모두 고생하셨습니다."

환호성과 박수 소리가 터져 나왔다. 또 졸업생 선배들 가운데 '멋있다'는 말을 외치며 문수를 위로하는 사람도 있었다. 이렇게 한 사람씩 소감을 이어 말하다가 1학년 오순이 차례가 왔다.

"안녕하세요. 오순입니다. 우선 대박, 대투더박, 정말 재미있었습니다!"

오순이답게 시작부터 열정적으로 사람들을 휘어잡았다.

"이번 문학의 밤을 하고 나서 느낀 점은 엄청 멋지다는 거였습니다. 작품도, 그리고 여기 계신 모든 분들도요! 그래서 지금 이 자리에서 하고 싶은 말은요, 음……. 그 말은요."

오순이가 잠깐 머뭇거리다가 심호흡을 하고 말을 뱉었다.

"제가 내년엔 부장이 되고 싶습니다!"

함성 소리는 더 커졌다. 오순이보고 성택이는 '역시 야망가야' 하고 말했지만, 그 말에는 친근감이 가득 묻어 났다. 여고 문예부와 연극부 순서로 돌아가며 말하다가 연주 차례가 왔다.

연주가 일어서자 우리는 더 크게 소리를 질렀다. 연주는 조용히 하라는 듯 입에 검지 손가락을 갖다 대고 '쉬잇' 했다. 그러자 다 같이 입을 다물었다. 역시 연주였다. 카리스마가 넘쳤다.

"음, 저는요. 또래 친구들이 창작한 작품을 처음 해 봤습니다. 우리 연극부에서는 고전 작품만 했는데 같은 시대를 살아가는 또래 친구들이 쓴 작품을 무대에 올린다는 게 새로웠습니다. 그래서 이 기쁨을 이번에 참여하지 못한 연극부원들에게 많이 알려 주고 싶습니다. 그리고 저도 떨렸습니다. 저도 엄청 긴장되었습니다. 하지만 제가 긴장한 모습을 보이면 여러분들이 더 긴장할까 봐 꾹 참았습니다."

맙소사. 연주도 긴장했다니, 항상 완벽한 모습뿐이었는데……. 새로웠다.

"그리고 가장 기쁜 건 여러분들이 모두 로봇 탈출에 성공해서 무대에서는 오히려 제가 여러분들을 의지하게 되었다는 겁니다. 함께 무대에 서서 아주 좋았습니다. 모두 정말 멋있었어요! 고맙습니다!"

연주가 말을 마치고 마침내 내 순서가 되었다. 이번 문학의 밤을 남고, 여고 연합으로 추진한 대표가 나라서 일부러 내 순서를 마지막으로 잡아 주었나 보다.

자리에서 일어나서 같이 공연한 친구들을 바라보았다. 내가 무슨 말을 할지 기대하는 눈빛이었다. 그런데 하고 싶은 말이 너무 많아서 아무 말도 나오지 않았다.

"우는 거 아냐?"

침묵이 길어지자 성택이가 수군거렸다. 그러다 하고 싶은 수많은 말 가운데 단 한마디가 떠올랐다.

"어제까지 제 꿈은 오늘 이 문학의 밤을 잘하는 것이었습니다. 그리고 오늘 문학의 밤이 끝났습니다. 문학의 밤이 끝나니까 꿈이 끝났다는 생각에 슬펐습니다. 하지만 지금은 꿈이 왜 여기서 끝이어야 하는지 의문이 듭니다. 제 진짜 꿈은 앞으로 문학의 밤을 계속하며 사는 것이 아닐까 하는 생각이 들었습니다."

모두 함성을 지르며 박수를 쳤다. 친구들이 보내 주는 환호에 난 용기를 얻고 더 자신 있게 말했다.

"난 이제부터 꿈을 갖고 살아가려고 합니다. 문학의 밤을 영원히 하며 사는 꿈을."

'영원'이라는 낱말을 꺼냈다. 십 대 소년에게 '영원'이라는 말은 무거운 말일 수도 있지만 그 순간 나에게는 이 낱말만큼 내 마음을 잘 표현할 말이 없었다.

이 말을 입으로 내뱉은 순간, 내 꿈은 끝이 아니라 그때부터 새롭게 시작되었다.

"끝으로, 너무 고마웠습니다. 여기 있는 모든 분들 정말로 너무 너무 고맙습니다!"

우린 서로 웃기도 하고, 울기도 하면서 이 자리를 끝맺었다.

집으로 가는 길, 방향이 같아 연주와 둘이서 나란히 걸었고, 우리는 헤어지는 순간까지 문학의 밤 얘기를 정신없이 했다. 마침내 갈림길에 서자 연주가 말했다.

"그동안 고생했어."

"너도."

"네 꿈 응원할게."

"응……. 나, 나도."

"그럼…… 또 보자."

연주가 잠시 머뭇거리다가 인사를 했다.

"뭐?"

"또 보자고."

"으, 응……. 또 보자."

앞으로는 보기 힘들어질 것 같았는데, 연주가 '또 보자'고 한 말에 입가에 미소가 올라왔다. 그래, 언제가 될지 모르겠지만 또 만나 이렇게 이야기를 나누고 싶다. 내 꿈을 찾을 때 큰 힘을 준 친구였으니까. 언젠가 분명 다시 볼 수 있을 거다.

이제 진짜 시작이다. 꿈을 찾은 나는 내일이 기다려졌다. 당장 하고 싶은 일이 생겼으니까. 그날 밤 침대에 누워 눈을 감으면서 스스로에게 약속했다.

'다음 문학의 밤을 내일부터 당장 준비하자!'

학교에서 할 수 있는 문학의 밤은 끝났지만, 내가 문학의 밤을 계속할 수 있는 방법은 정말 없을까 고민했다. 머릿속이 복잡해졌지만 싫지 않았다. 오히려 복잡한 것마저도 행복했다. 이것도 진짜 나의 꿈을 위해 한 발짝 나아가는 길이니까.

3부 학교 밖에서
이루는
꿈의 무대

왜 안 되는 걸까

'내 꿈은 문학의 밤을 영원히 하며 사는 것.'

문학의 밤이 끝난 뒤 이 말을 일기장에 적었다. 꿈이 생겼다는 사실에 에너지가 막 끓어올랐다. 다시 태어난 느낌이랄까. 고민 끝에 문예부의 문학의 밤을 축제 날뿐만 아니라, 월간 행사처럼 해볼 수 있지 않겠냐고 제안했다. 문예부원들은 말도 안 된다고 했지만 밑져야 본전이라며 동아리 담당 선생님을 찾아갔다. 꿈이 생기니 없던 용기마저 생겨났다.

"그건 불가능하다."

동아리 담당 선생님의 대답은 역시나였다. 그래도 해 볼 수 있는 방법이 있지 않을까 싶어 한 번 더 물어보았다. 선생님은 나에게 현실을 알게 해 주려는 듯 한 번 더 확실하게 선을 그으며 대답했다.

"가뜩이나 3학년은 동아리 활동을 금지하고 있는데 월간 행사라니, 여기에선 있을 수 없는 일이야."

선생님 말 가운데 '여기에선'이 굉장히 불편하게 들렸다. 학교에서 불가능하다면 대체 어디에서 가능한 걸까. 마침 옆자리에서 이야기를 듣던 나이가 지긋한 선생님이 동아리 담당 선생님께 말을 붙였다.

"아니 선생님, 문예부는 글만 쓰면 되는 거 아니에요? 연극부도 아니면서 축제 때 연극한다고 시간 많이 뺏기는 거 말 많잖아요. 내년부터는 문학의 밤 하는 것도 다시 생각해 봐야 할 것 같아요."

"안 돼요!"

나도 모르게 이 말이 터져 나왔다. 그러자 그 선생님은 이에 질세라 더 소리를 높였다.

"안 되긴 뭐가 안 돼? 그것 때문에 하라는 수험 준비는 게을리해서 학교 평균 성적 떨어뜨리는 거 몰라?"

말이 통하지 않았다. 학생에게 꿈이 생겼는데 수험이라는 제도가 도리어 꿈을 가로막았다. 하지만 여기서 선생님 말에 더 대꾸했다간 정말 내 꿈의 터전이었던 문예부의 문학의 밤마저 사라질 것 같았다. 어쩔 수 없이 마음에도 없는 말을 하고 말았다.

"죄송합니다."

이 말로 상황은 정리되었다. 그렇지만 '왜 내가 죄송한 걸까' 하는 생각이 내내 머릿속에 맴돌았다.

문학의 밤을 어떻게 하면 계속 이어 갈 수 있을까. 이 고민이 머릿속에서 떠나지 않았다. 문학의 밤을 할 수 있는 방법을 찾으려고 밤새도록 인터넷을 뒤졌다. 그러다가 '청소년 연극제' 공고문을 발견했다. 다행히 접수 기간이 끝나지 않았다. 그래, 청소년 연극제에 참가해 우리가 했던 문학의 밤을 보여 주자.

다음 날, 점심시간이 되자마자 문예부원들을 모아 이 이야기를 했다.

"뭐? 연극제를?"

문수가 놀라서 물었다.

"뽑히면 바로 공연 준비에 들어가야 할 텐데."

성택이도 걱정스럽게 말했다.

"우리가 가능할까요?"

오순이가 자신 없는 듯 눈을 내리깔며 말했다. 오순이 뒤로 보이는 다른 문예부원들도 걱정스런 얼굴이었다.

"우리가 한 문학의 밤도 연극이잖아. 게다가 청소년이 직접 우리 이야기를 쓰고 연출하고 연기를 한다는 것 자체가 매력적이지 않아?"

난 대뜸 말했다. 그도 그럴 것이 문예부원들과 지금까지 청소년 연극제에 참가한 작품을 조사해 보니, 학생들이 직접 극을 쓰고 연출한 작품은 하나도 없었다. 그제야 문예부원들도 용기를 얻었는지 한 번 해 보자는 말로 의견을 모았다.

"좋아! 그럼 해 보는 걸로 하고 난 신청서를 쓸게. 우린 오늘부터 연습이다!"

문학의 밤이 끝난 지 얼마 되지 않아서인지 다들 열의가 가득했다. 따로 예열할 시간도 필요 없이 힘차게 연습에 들어갔다. 무슨 배짱이었는지, 심사에서 뽑혀야 공연을 할 수 있는데도 우린 신청서를 접수하겠다고 마음먹자마자 연습을 시작했다. 신청만 하면 당연히 뽑힐 거라고 생각했나 보다. 또다시 시작할 수 있는 문학의 밤 공연에 열의를 불태웠다.

보름 정도 시간이 흘러 신청서에 넣을 작품 내용과 중요 장면을 사진으로 찍어 정리했다. 신청서를 보자 성택이가 말했다.

"이 신청서 자체가 작품인데."

문예부원들도 모두 동의한다며 고개를 끄덕였다. 학생들이 신청서를 준비한 것치고 작품의 여러 정보가 가득 담겨 있었다. 신청서를 준비하면서 공연 연습도 함께 진행했기 때문이다. 다른 어떤 팀보다도 작품에 대한 자료는 훨씬 많을 거라고 장담했다.

모든 준비를 다 마친 뒤 동아리 담당 선생님의 사인을 받기 위해 교무실에 갔다. 하지만 거기서 뜻밖의 대답을 들었다.

"이건 사인해 줄 수 없어."

"네? 왜요?"

깜짝 놀라 되물었다. 선생님은 내 말이 끝나자마자 답했다.

"저번에도 얘기했다시피 곧 수험생이 되잖아."

"그래도, 아직은……."

"그리고 더 중요한 건 너희들은 문예부잖아. 연극부가 아니라."

"하지만 우리 학교에는 연극부가 없잖아요. 그리고 모집 공고에 연극부라고 써 있지 않아요. 고등학교의 연극 작품을 모집한다고만 나와 있다고요."

"그래도 안 되는 건 안 돼."

"선생님!"

"여긴 예술고등학교가 아냐."

이건 타협할 수 없는 싸움이다. 우린 사인 하나만 있으면 되는데 도전조차 할 수 없었다. 글을 쓰는 문예부가 연극을 한다는 게 왜 문제인 걸까. 우리가 쓴 글은 희곡이다. 희곡은 연극 공연을 올리기 위한 문학이다. 마침 학교에는 연극부가 없다. 그럼 우리가 쓴 글로 우리가 연극을 하면 안 되는 건가. 연극 대본을 중심으로 쓰는 문예부인데 연극을 하면 왜 안 되는 걸까. 여러 가지 의문들이 떠올랐다.

끝내 사인을 받지 못한 채 문예부실로 돌아왔다. 문예부원들은 이 소식을 듣자 저마다 사기가 꺾인 듯 말을 잘 잇지 못했다. 금세 청소년 연극제는 여기서 포기하자는 말로 의견이 모아졌다. 수험 준비를 해야 하는 학생들도 있었고, 더 이상 우리 바람이 이루어지지 않으니 싸울 의지를 잃기도 했다. 마치 패잔병처럼 집으로 돌아갔다.

"미안해요. 하지만 어쩔 수 없어서……."

"충분히 이해하니까 걱정 마."

집에 돌아오는 내내 발걸음이 무거웠다. 마음이 납덩이처럼 가라앉아서 그런가, 한숨만 푹푹 나왔다.

'학교는 학생들이 꿈을 이루도록 돕는 곳이 아니구나.'

집에 도착하자마자 방으로 들어가려는데 내 방에 불이 켜져 있다. 무슨 일인가 싶어 멈칫하는데 뒤에서 어머니 목소리가 들려왔다.

"오늘부터 너 과외 시작이야."

"네?"

"이제 축제도 끝났겠다, 수능 준비 제대로 해야지."

온몸이 얼어붙었다.

'아, 그렇구나. 이제 고3이 되니 수능 준비를 해야 하는구나. 내꿈이었던 문학의 밤은 지금 하면 안 되는 거구나.'

과외를 받는 동안에도 머릿속으로는 다른 생각만 들었다.

'왜 안 되는 걸까?'

'꿈을 찾았는데 왜 지금은 이 꿈을 향해 걸어가면 안 되는 걸까?'

과외가 끝나고 홀로 방에 남게 되자 학교에서도 지고 집에 와서도 진 느낌이었다. 내 꿈을 이루기 위한 전쟁은 이렇게 제대로 도전도 못 하고 '패배'라는 성적표를 주었다.

그날 밤 잠을 제대로 자지 못했다. 분해서였다. 꼬박 밤을 새우고 아침을 맞이하니 머릿속에서 지금껏 하지 못한 새로운 생각이 떠올랐다.

동아리 담당 선생님은 내가 문학의 밤을 한다고 했을 때 '여기에선 안 된다'고 했다. 그렇다면 '여기'가 아니면 되는 거 아닌가. 굳이 학교 안에서 문학의 밤을 해야만 하는 까닭이 있을까. 생각 자체를 바꾸어 버렸다.

'문학의 밤, 그거……. 학교 안이 아니라, 학교 밖에서 하자.'

충혈된 눈으로 가방을 메고 등교를 했다. 아니, 등교가 아니라 첫 출근이라고 하는 게 맞을지도 모르겠다. 이날이 내 인생에서 처음 학교를 결석한 날이니까.

고공모의 탄생 1

정처 없이 걸었다. 어디로 가야 할지 몰랐다. 문학의 밤이라는 꿈을 학교 안이 아닌 학교 밖에서 이루겠다고 마음먹었는데 막상 학교 밖 어디서부터 시작해야 할까, 막연했다. 불현듯 '연극의 성지는 대학로'라는 말이 떠올랐다. 대학로? 난 대학로를 언제 가 봤을까. 고등학교 1학년 때가 기억났다. 그때 문학의 밤을 하고 나서 연극을 처음 봤으니 말이다.

'그래, 대학로다. 대학로에 한 번 가 보는 거야.'

보통 때라면 1교시 수업을 시작해야 할 시간에 나는 대학로에 가 있었다. 대학로에 도착하자마자 수많은 공연 포스터가 눈에 들어왔다. 거리가 굉장히 활력이 넘쳐 보였다. 공연 포스터가 거리를 가득 채운 만큼, '수많은 공연이 올라가는구나, 그럼 공연장도 많겠구나' 싶었다. 공연 포스터를 하나하나 살펴보며 대학로에는 어떤 극장이 있는지 쭉 찾아봤다. 공부하듯이 공책을 꺼내 극장 이름을 하나씩 적어 내려갔다. 아르코극장, 인켈아트홀, 학전, 까망소

극장, 연우소극장…….

이건 내 꿈을 위해 내가 스스로 만든 1교시 수업이다. 대학로에서 알아본 공연장은 무려 50곳이 넘었다. 더 많을지도 모른다. 내가 아무런 정보 없이 대학로를 걸으며 확인해 본 것만 해도 그 정도였으니 말이다.

반나절 동안 대학로를 걷다 보니 희망이 생겼다.

'극장이 이렇게 많다면 어쩌면 우리가 설 수 있는 극장도 있지 않을까?'

내친김에 대관비라도 알아보자 싶어 아무 극장이나 들어갔다. 민간 극장이었다. 극장 사무실을 찾아 문을 두드렸더니 '들어 오세요' 하는 목소리가 들렸다. 심장이 마구 뛰었지만 지푸라기라도 잡아 보자는 마음으로 문을 열고 들어갔다.

"학생, 공연은 저녁 8시에 해."

교복 입은 학생이 사무실로 들어서자 직원 가운데 한 명이 인사 대신 말했다. 학생이라서 당연히 공연을 보러 온 줄 알았나 보다. 나는 대뜸 본론부터 말했다.

"저, 공연장 대관하려고 왔는데요."

사무실이 갑자기 조용해졌다. 교복 입은 십 대 학생이 공연장을 대관하겠다는 말에 이걸 어떻게 받아들여야 하나 혼란스러운 표정이었다. 아저씨 한 분이 다가와 물었다.

"차라리 학교 강당이나 이런 데를 알아보는 거 어때?"

"학교 밖에서, 대학로에서 공연을 하고 싶어서 들어온 겁니다."

내 대답을 듣자 사무실이 또다시 조용해졌다. 아저씨는 할 수 없다는 듯 대관 가격표를 보여 주었다. 아뿔싸, 내가 생각했던 것보다 훨씬 더 비쌌다. 소극장 가운데 나름대로 괜찮아 보이는 극장으로 골라 들어가서인지 대관 가격표를 보자마자 너무 놀라 입이 다물어지지 않았다. 하루에 오십만 원이었기 때문이다. 애써 놀라지 않은 척했다. 기죽지 않고 마치 대관을 할 것처럼 행동하고 극장을 나왔다. 하루 오십만 원이라, 내가 할 수 있는 게 아니었다. 학교 안에서는 돈이 많이 들지 않았는데 학교를 벗어나니 하나부터 열까지 모두 다 돈이 필요했다.

문학의 밤을 학교 밖에서 이루겠다고 했는데 현실의 벽은 너무 높았다. 집으로 돌아가면서 문학의 밤 공연을 한 편 올리려면 돈이 얼마나 드는지 계산해 보았다. 최소로 필요한 경비로는 연습실 대관료, 극장 대관료, 식비 겸 진행비, 그리고 홍보물 인쇄비 정도다. 눈앞이 캄캄해졌다. 한편으로는 무대나 조명처럼 스태프가 하는 일은 내가 다 할 수 있다는 생각이 들었다. 2년 동안 문학의 밤을 하며 쌓인 내공이 있었기 때문이지 않을까.

아르바이트를 해서 극장을 하루 대관하고 연습실도 빌린다면 가능할 것 같았다. 아르바이트 최저임금은 시간당 이천오백 원. 하

루에 여섯 시간씩 한 달 일하면 사십만 원은 벌 수 있겠다는 계산
이 나왔다. 두 달을 아르바이트하면 계획한 것들을 해 볼 수 있겠
다. 딱 두 달만 일해서 최소 제작비를 마련해 보자.

이다음에 필요한 건 뭘까. 답은 하나였다. 바로 함께 할 동료들
이다. 연극은 절대로 혼자 만들 수 없다는 걸 2년 동안 배웠다. 함
께 땀 흘릴 친구이자 동료들이 필요했다. 하지만 내가 다니는 학교
안에서만 찾는 것은 무리다. 우선 서울시에 연극부가 있는 고등학
교를 돌아다니며 미팅을 해 보기로 했다. 내친김에 '고딩만의 공연
모임'이라는 인터넷 카페를 만들었다.

다음 날, 방과 후에 문예부원들과 이야기를 나누었다. 내가 인
터넷 카페를 만들었다고 하니 부원들은 카페 이름을 궁금해했다.
문수가 물었다.

"근데 왜 고딩만의 공연 모임이야?"

"고딩들의 수많은 공연을 모아 보겠다는 의미로 고딩만의 공연
모임이라고 지었어. 줄여서 고, 공, 모. 어때?"

이름을 잘 지었는지 모르겠지만, 간단하고 쉽게 설명할 수 있는
말이고, 또 귀여워 보이기도 해서 이 이름으로 정했다.

"우선 극장부터 잡고, 사람들을 모아 볼 거야. 문학의 밤 때처럼
작품을 정하고 그다음부터는 연습을 하는 거지. 청소년의 힘으
로 밖에서, 사회에서, 당당히 해 보는 거야."

내가 '고딩만의 공연 모임'의 목표를 문예부원들한테 이야기하자 동기 중에는 문수가, 후배 중에는 오순이가 같이 하겠다고 뜻을 밝혔다.

다른 부원들은 함께하지 못하지만 온 마음을 다해 지지하고 응원해 주었다. 성택이는 너무 미안해하며 걸음을 떼지 못했다.

"미안……. 나도 하고 싶은데, 내년이면 3학년이고 수험 준비도 해야 해서……. 하아. 정말정말 미안하다."

"뭐가 미안해. 그럴 수 있지. 대신 고공모의 문학의 밤은 보러 와 줘."

"그건 당연하지. 아무튼 미안해."

"그럴 필요 없다니까 그러네."

고공모를 하겠다고 마음먹었을 때 당연히 모두 다 같이 갈 수 없다고 생각했다. 저마다 꿈이 다 다르니까 가는 길도 다를 수밖에. 오히려 성택이가 미안해하는 모습을 보니 괜스레 더 고맙기도 했다. 또 한편으로는 마음이 무거웠다. 이런 것도 다 어른이 되어 가는 과정이 아닐까.

나는 동네에서 평일 저녁에 일할 수 있는 커피숍 아르바이트를 구했고 남는 시간에는 인터넷 카페를 활성화했다. 고딩만의 공연 모임에 참여할 학생들을 모집하는 홍보도 꾸준히 했다. 오전과 오후에는 대학로에 가서 전문 극단에서는 어떻게 준비하나 알아보려고 연극도 보면서 극단들을 탐방했다. 결석이 하루로 끝나지 않고 장기 결석으로 이어진 것이다. 하지만 불안한 마음은 들지 않았다. 학교를 가지 않으면 큰일이 벌어질 줄 알았는데, 내가 하고 싶은 것을 향해 스스로 계획하면서 한 발자국씩 나아가는 것 같아서 마음이 편했다.

사실은 학교를 그만두고 싶었다. 당장 하고 싶은 것이 눈앞에 있고 꿈에 다가갈 수 있는 길이 보이니, 학교에서 보내야 하는 시간을 밖에서 쓰고 싶었다. 부모님께 자퇴 이야기를 해 보려고 수없이 고민했다. 하지만 두 분 다 교육자여서 자식이 자퇴하겠다고 하는 말에 실망을 크게 하실까 봐 이야기를 못 했다.

이런 시간은 오래가지 못했다. 학교를 한동안 나가지 않자 학교에서 부모님께 전화를 했고, 부모님도 내가 학교를 안 나간다는 사실을 알게 되었다. 전화를 받은 날 부모님은 내가 집에 오자마자 벼르고 있었던 듯 안방으로 날 부르더니 왜 결석을 하는지 물었다. 내 대답은 간단했다.

"제가 정말 좋아하는 걸 지금 하고 싶어서요."

부모님은 이 말이 반항기 청소년이 하는 말로 들렸던 모양이다.

"좋아하는 건 우선 학교부터 졸업하고 대학 가서 해도 되잖아."

"지금 문학의 밤을 하는 게 제가 진짜 하고 싶은 거라고요."

"문학의 밤은 취미잖아."

"문학의 밤은…… 제 꿈이에요."

"그래도 학교는 가. 졸업은 해야지."

"그럼 지금 이걸 할 수 없어요."

"그러니까 대학 가서 하라고 하잖아."

"지금이 아니면 제 꿈은 없다고요!"

갑자기 조용해졌다. 어머니와 나 둘 다 더 이상 아무 말도 할 수 없었다. 서로가 서로에게 원하는 답이 있었지만, 그 답을 둘 다 해 줄 수 없기에 이루어질 수 없는 대화였다. 침묵을 먼저 깬 건 나였다.

"저, 실은 학교도 자퇴하고 싶어요."

"……나가."

부모님은 이 말을 듣자 매우 놀랐다. 지금 상태로는 더 이상 서로 대화를 할 수 없다는 것을 깨닫고 날 돌려보냈다. 마음이 아팠다. 이제 내 꿈을 찾았는데 내 꿈을 이루기 위해 행동한다는 게 이렇게 식구들을 힘들게 하는 거였나. 꿈을 찾은 건 축하받을 일인데 난 왜 축하를 받지 못할까.

그다음 날, 부모님 말에 못 이긴 척하고 학교를 갔다. 학교에 도착하자마자 담임 선생님이 불러서 상담실로 갔다. 선생님이 대뜸 말을 꺼냈다.

"요즘 무슨 바람이 들어서 그런 거야?"

할 말이 없었다.

"너 이거 한순간이다, 나중에 백 프로 후회해. 이러면 대학도 못가. 요즘 내신이 얼마나 중요한지 아니?"

이 말에 화가 났다. 난 분명 후회하지 않을 자신이 있었다. 후회를 안 하려고 지금 이렇게 살고 있는 건데…….

선생님은 일주일 넘게 결석한 내 행동에 분이 안 풀렸는지 더 쏘아붙였다.

"그리고 글 쓰는 거, 연기하는 거, 힘들어. 재능 있어도 힘들어."

대답할 말이 없었다. 힘든 걸 알아도 하고 싶고, 힘들어도 좋으니까 하고 싶은 건데…….

"그러니까 지금이라도 정신 차리고 수능 준비해. 그게 사는 거다. 너 지금 이러다가 진짜 나중에 후회해. 그러니까 말 들어. 나중엔 나한테 고마워할 거야. 이때라도 말려 줘서 고맙다고."

선생님 말에 참지 못하고 마음속에 가둬 두었던 말을 꺼냈다.

"선생님……. 저 학교 그만두고 싶어요."

"애 봐라, 그건 너 혼자 결정하는 게 아니야."

"부모님과 얘기해 볼게요."

이 말을 남긴 채 일어났다. 그길로 학교를 나왔다. 어떻게든 참아 보려고 했는데 참을 수가 없었다. 내가 꿈을 가진 게 방황하는 것처럼 보이는 게 너무 싫었다. 난 지금 어느 때보다도 진지한데 왜 날 방황하는 소년으로 보는 걸까.

정처 없는 고민의 발걸음은 날 또다시 대학로로 이끌었다. 지금 나를 위로해 줄 수 있는 건 대학로에서 공연예술인들이 만들어 내는 뜨거운 에너지뿐이다. 비록 난 학생이지만 공연예술인들과 함께 이 분위기에 녹아들고 싶었다. 대학로 마로니에 공원 벤치에 앉아 한참 시간을 보내다 보니 어느새 저녁이 되었다.

저녁때까지 머릿속을 가득 채운 생각은 딱 한 가지. 어떻게든 고딩만의 공연 모임으로 문학의 밤을 올리겠다는 것. 홧김에 고딩만의 공연 모임 '세미나'를 하기로 했다. 그날 밤, 인터넷 카페에 글을 올렸다.

"학교를 벗어나서 진짜 극장에서, 진짜 무대에 서서, 바로 지금 공연의 꿈을 이룰 사람들과 이야기를 나눠 보고 싶습니다."

일주일 뒤 토요일, 장소는 명동이었다. 명동에는 '미지센터'가 있는데, 이곳은 청소년들이 세미나를 목적으로 대관할 때 싼값에 빌릴 수 있다. 방송부 친구인 명호가 알려 주었다.

"우리 방송부 연합 모임도 거기서 하거든. 한번 알아봐. 청소년 들한테는 아주 저렴해."

명호가 알려 준 대로 미지센터에 연락해 대관을 해 버렸다. 몇 명이나 올까 고민이 됐다. 한 명도 신청을 안 하면 어떡하지 걱정했는데, 그다음 날 아침에 눈을 뜨니 이미 다섯 명이나 신청을 한

것이다. 맙소사. 아직 마감일이 6일이나 남았는데 벌써 다섯 명이
라니……. 실로 놀라운 일이다.

그렇게 고딩만의 공연 모임이 만들어 나갈 문학의 밤은 점점 더
가까워지고 있었다.

고공모의 탄생 2

고딩만의 공연 모임 세미나를 신청한 사람이 다섯 명이라는 사실에 들떴다. 곧바로 문예부 문수와 오순이에게 연락했다. 둘도 믿을 수 없다는 듯 한참 동안 말을 못 이었다. 그렇게 하루이틀이 지나 마감일이 되었을 때 더 놀라운 사실은 사십 명이 넘는 청소년들이 신청했다는 것이다. 세미나를 어떻게 진행해야 할지 눈앞이 캄캄해졌다. 하지만 이미 시작한 일. 학교를 그만둘 생각도 했기에 남은 건 꿈을 향해 뛰는 것밖에 없다.

세미나가 열리는 날 아침 일찍 문수, 오순이와 함께 명동에 모였다. 명찰을 만들고, 오늘 이야기할 내용을 광고지처럼 디자인해서 에이포 종이에 컬러 인쇄까지 했다. 어설프지만 한입에 쏙 먹을 수 있는 작은 과자와 음료수를 준비해 책상 위에 가지런히 올려 두었다. 여기까지 발걸음해 준 사람들을 환영하고 싶었다. 문수와 오순이도 여러 사람들을 만난다는 사실에 긴장 반 기대 반이었다.

"어서 오세요."

모임 시간이 다가오자 한두 명씩 세미나실로 들어왔다. 신청한 사람들이 많아서 세미나실도 가장 큰 방으로 바꾸었는데, 어느새 사람들이 가득 들어찼다. 가장 큰 방도 사십 명이 모두 들어가기에는 살짝 작았기 때문이다. 한 명 한 명 들어올 때마다 인사를 하며 시작 시간을 확인했다.

이제 1분 전이다. 얼추 다 온 것 같아 시작하려는데, 급하게 한 명이 더 들어왔다. 마지막으로 온 그 사람을 보자 나와 문수, 오순이는 입이 떡 벌어졌다. 그 사람은 바로!

"연주 누나!"

그렇다. 연주였다. 오순이가 연주 이름을 부르자 진짜 너섬여고 연극부장인 연주가 왔다는 것을 실감했다.

"아직 시작 안 했지?"

"응. 어서 들어가."

연주가 오다니 이상했다. 이전 문학의 밤에서 가장 믿음직했던 동료가, 어쩌면 처음으로 내 꿈을 터놓았던 그 친구가 이 자리에 있다는 것이 신기했다. 마음속 용기가 들끓어 올랐다. 사람들이 다 모이면 어떤 말을 할까 수없이 머릿속으로 그려 보고 연습해 봐도 긴장이 되었는데 이제는 그렇지가 않았다.

시작 시간이 되었다. 내 또래 학생들이 이 방을 가득 채우고 있었다. 어떻게 인사를 할까 고민하다가 내가 서 있던 단상 위에서 학생들이 앉아 있는 곳으로 내려와 인사했다.

"안녕하세요. 전 이번 세미나를 연 고딩만의 공연 모임 대표 한민규라고 합니다. 우선 이렇게 찾아 주어서 너무 너무 고맙습니다. 아, 그리고 시작하기 전에 우린 같은 위치에서 같은 꿈을 바라보는 게 목적이니 제가 편안하게 말 놓아도 될까요?"

모두들 고개를 끄덕였다. 그 모습을 보고 더 자신 있게 말했다.

"그럼 말 놓고 다시 인사할게. 난 고딩만의 공연 모임 대표 한민규라고 해."

학생들 표정이 아까보다 편해졌다. 나도 편해진 걸 느꼈다.

"고딩만의 공연 모임은 청소년들의 공연 작품을 모아 문학의 밤으로 만들어 보자는 생각으로 만들었어."

자연스럽게 단체 소개를 하고 모인 사람들끼리 소개하는 시간을 이어 갔다. 다들 궁금한 것이 많아서 모였다는 것을 깨달았다. 호기심 때문에 찾아온 친구들도 있었고, 나처럼 지금 당장 연극을 하고 싶은데 탈출구를 찾지 못한 친구들도 있었다. 또 자기가 쓴 글로 공연을 할 수도 있다는 말이 정말인지 궁금해서 온 친구들도 있었고, 고공모에서 문학의 밤을 만들어 학교 밖에서 공연하는 일이 가능한지 궁금해서 온 친구들도 있었다. 이들의 이야기를 다 듣고 나니 내가 해야 할 말이 선명하게 떠올랐다. 바로 여기 모인 사람들의 공통점인 '연극'이라는 꿈이었다.

"너희들의 꿈이 학교 안에서만 갇혀 있는 게 싫지 않아? 학교를 벗어나서 진짜 현장에서 진짜 극장에서 무대에 서 보고 싶지 않아? 대학을 가야지만 이룰 수 있다고 생각했던 꿈. 자기 글을 발표하는 꿈, 자기 연기를 전문 극장에서 선보이는 꿈, 그 꿈을 지금 같이 이뤄 보지 않을래? 바로 여기, 고딩만의 공연 모임에서."

이야기를 끝냈을 때 환호나 박수는 나오지 않았다. 하지만 내이야기를 매우 집중해서 잘 듣고 있다는 느낌이 들어 만족했다.

"자, 그럼 같이 고딩만의 공연 모임을 하실 분들은 오늘 밤 12시 전까지 인터넷 카페에 글을 올려 주세요."

문수가 마지막 정리를 하며 모임을 마쳤다. 아이들이 이 공간을 빠져나가자 다리에 힘이 풀린 듯 바로 주저앉았다. 처음 보는 사람들 앞에서 꿈에 대해 이렇게 진지하게 이야기할 수 있다는 게 신기했다. 에너지를 모두 쓴 느낌이었다.

"저, 선배님."

오순이가 다급히 뛰어와 말했다.

"어."

"밖에 연주 누나가 들어와도 되냐고 묻는데요."

"뭐? 그, 그래. 들어오라고 해."

연주가 가지 않고 기다리고 있었다. 오늘은 정말 신기한 일이 계속 이어지는구나 생각했다. 연주가 들어오자마자 날 보고 말했다.

"이야, 말 잘 하던데."

"고, 고마워."

"정말 멋졌어."

"네가 올 줄은 상상도 못 했어."

"나도 이걸 기획한 청소년이 너일 줄은 상상도 못 했어."

"고마워, 정말."

"나, 할 거야."

"뭘?"

"나도 고공모에서 문학의 밤, 할 거야."

온몸이 얼어붙었다.

"왜 학교 안에서만 하려고 했을까? 왜 밖에서 할 수 있다는 생각은 못 했을까? 왜 고등학교 2학년 말부터는 다 접고 수능 준비만 해야 한다고 생각했을까? 내가 지금 당장 하고 싶은 건 분명 있는데. 그게 꿈이기도 한데."

"저, 정말?"

"응. 나 연극배우가 될 거야. 그 꿈을 지금부터 시작해 보고 싶어. 여기서."

연주가 나한테 손을 내밀었다. 연주의 눈은 확신에 차 있었다.

"고, 고마워."

연주가 내민 손을 꽉 붙잡았다.

"함께하자고 하는 사람들이 몇 없더라도 꼭 하자. 문학의 밤. 알았지?"

"응."

"그럼, 갈게."

나도 모르는 사이, 내 주변의 무언가가 변하고 있는 것 같았다. 예전에는 변화가 무서웠지만 이제는 이런 변화가 무섭지 않고 싫지 않다. 설레고 반갑다.

밤 12시가 되어 잽싸게 컴퓨터를 켰다. 이럴 수가! 스물여섯 명이나 신청했다. 스무 명이 넘는 건 전문 극단의 인원 수에도 밀리지 않을 만큼 많은 수다. 이들이 학교 밖에서 문학의 밤을 하겠다고 모인 것이다.

"와우!"

나도 모르게 소리를 질렀다. 이제는 고딩만의 공연 모임을 시작할 수 있겠다.

다음 주 토요일부터 첫 연습을 하기로 했다. 팀원들이 모두 학생인지라 토요일 수업이 끝나고 모이면 4시부터 연습을 할 수 있었다. 대학로 연습실을 빌리는 데는 시간당 오천 원 정도. 피시방이 시간당 천 원이니, 하루이틀 정도 연습실을 대관하는 비용은 모아 둔 용돈으로 해결할 수 있었다. 보름 뒤에 첫 달 아르바이트비가 들어오니 그때까지만 버티면 된다.

첫 연습 일정을 잡고 보니 가장 급한 것이 무엇인지 선명하게 떠올랐다. 그건 바로 극을 올릴 극장이다. 그날 다짐했다. 첫 연습 전에 극장을 잡겠다고. 첫 연습 날, 우리가 공연할 극장을 발표해 팀원들의 사기를 불태우겠다고 생각했다. 목적이 분명하지 않으면 함께하겠다고 모인 사람들도 힘이 점차 떨어질 거라고 본능적으로 느꼈다.

하지만 극장 대관비는 만만치 않다. 극장이 끝끝내 구해지지 않으면 마지막에는 대관을 해야 겠지만, 우선은 대관 말고 공연장과 고공모 서로에게 도움이 될 수 있는 극장을 구해 보자. 극장은 청소년들에게 공간을 주고, 그 공간에서 청소년들이 공연을 올려 극장을 널리 알리기를 원하는 곳이 분명히 있을 것이다.

청소년 연극제를 준비하며 공연 소개서를 썼던 경험으로 '고공모의 문학의 밤 소개서'를 며칠 밤을 새워 가며 만들었다. 우리를 후원해 줄 수 있는 극장을 찾기 위해. 우리와 뜻이 맞아 서로에게 도움이 될 수 있는 극장을 찾기 위해.

작품 소개서를 만드는 동안 여러 극장에 메일을 보내 고공모를 알리는 일도 했다. 어느덧 첫 연습 사흘 전이 되었다. 사흘 전이 되자 발등에 불이 떨어졌다. 첫 연습 전에 극장을 잡겠다고 목표를 세웠는데 이제야 문학의 밤 소개서를 만들었기 때문이다. 커피숍 아르바이트를 끝내고 피시방에 들러 극장에 메일을 보냈다. 대학로에 있는 수많은 극장들에 고공모를 알리고, 우리가 올릴 작품 소개서도 보냈다.

다음 날도 똑같은 작업을 했다. 또 하루가 지나 첫 연습 하루 전날이 되었다. 전날처럼 메일을 쓰고 있는데 오후 2시쯤 메일이 하나 왔다. 대학로에 있는 소극장 기획실장님이 보낸 메일이었다. 내가 한때 그 극장에서 하는 연극에 반해 열 번 가까이 연극을 본 적 있는 곳이었다.

29회 문학의 밤이 끝난 지난해 늦가을이었다. 우연히 길을 걷다가 버스 정류장에서 〈유리가면〉이라는 제목의 연극 포스터를 봤다.

'잠깐만, 유리가면이라고?'

어렸을 적부터 알았던 〈유리가면〉이지만, 문학의 밤을 통해 연극을 알게 된 뒤 〈유리가면〉을 더더욱 좋아하게 되었다. 연주랑도 이 만화로 더 친해졌으니 말이다. 그런데 이 만화가 대학로에 있는 인켈아트홀에서 연극으로 올라온다는 것이다. 연극에 대해 아무것도 모르던 나는 처음으로 대학로로 갔다. 게다가 처음으로 연극을 보게 되었다.

이 연극을 보자마자 흠뻑 빠졌다. 처음엔 만화책만 생각하고 갔는데, 만화의 주인공들이 무대에 나타난다는 게 더 생생하게 느껴졌다. 무대에 선 배우들의 대사가 마음속으로 더 깊게 들어왔다. 공연이 끝났을 때 한참 동안 박수를 쳤다.

〈유리가면〉을 올린 극단은 '애플씨어터'라는 극단이다. 그 뒤로 그 극단을 눈여겨보았다. 〈유리가면〉의 두 번째 에피소드인 〈잊혀진 황야〉만 해도 여섯 번을 봤으니까 말이다. 그뿐만이 아니다. 〈강택구〉, 〈월미도 살인사건〉 같은 극도 세네 번씩 보았다. 오죽하면 그 극단 기획실장님이 내 이름을 알고 있을까.

그 극장에서 올리는 공연을 예매할 때 메일로 사전 신청하면, 앉을 자리를 미리 확보하고 현장에서 표를 받았다. 그래서인지 인켈아트홀 기획실장님은 내 이름을 기억하고 답장을 보내 주었다.

"한민규 님. 늘 저희 극단 공연에 관심 가져 주셔서 고맙습니다. 이번에는 공연을 하신다니 멋집니다."

이렇게 메일이 시작됐다.

"저희는 현재 도울 수 없지만, 청소년들의 연극에 관심이 많은 곳을 알고 있습니다. 그곳을 추천해 드리면 어떨까요?"

걱정했던 것과 달리 마지막 내용을 확인하고 말할 수 없을 정도로 기뻤다. 관심을 보여 준 것도 모자라 극장을 연결해 준다니 정말 고마웠다. 고맙다는 말을 한 열 번은 적어서 답장을 보냈다. 어쩌면 연극에 빠진 한 청소년이 자기 극장의 작품을 열 번 가까이 봤던 걸 기억하고 생각해 주는 걸 수도 있고, 청소년들인 우리가 자기들이 목숨 걸고 하는 연극을 꿈꾼다는 것, 그 자체로 돕고 싶었는지 모른다.

다음 날 기획실장님이 메일로 알려 준 연락처로 전화를 걸었다.

"안녕하세요, 저희는 고딩만의 공연 모임이라는 단체입니다."

전화를 받은 분은 이미 우리가 쓴 작품 소개서를 본 것처럼 전화기 너머로 아주 반갑게 맞이해 주었다.

"아, 실장님한테 이야기 들었습니다. 우선 만나서 이야기하죠. 언제가 편하신가요?"

"지금 당장요!"

고딩만의 공연 모임 첫 연습 하루 전날 만남이 이루어졌다. 첫 연습 하기 전에 우리가 극을 올릴 극장을 정할 수 있을지 모른다는 기대가 생겼다. 떨리는 마음으로 약속 장소로 발걸음을 옮겼다.

한겨울에 꿈꾸는 한여름 밤의 꿈

우리가 간 곳은 '비로자나 청소년협회'였다. 청소년들의 문화 활동을 응원해 주는 곳이다. 협회 건물 입구에는 청소년들이 펼친 다양한 문화 활동을 사진으로 찍어 걸어 놓았다. 그 사진들을 보는 데 협회 선생님이 우리를 먼저 알아보았다.

"안녕하세요. 고딩만의 공연 모임이죠?"

"네, 맞습니다."

서로 인사를 나누고 사무실에서 이야기를 나누었다. 보통 우리를 보면 대뜸 말을 놓는 어른들이 많았다. 하지만 오늘 만난 선생님은 존댓말로 맞이해 주었고 우리가 하는 말에 귀 기울여 주었다.

"그러니까 공연장이 필요한 거죠?"

"네!"

"마침 우리가 운영하는 극장이 하나 있어요. 이 극장은 청소년들이 하는 문화 활동이라면 후원이 가능합니다."

"정말요?"

"네. 단, 무조건 청소년들과 관련이 있어야 해요. 청소년들과 관련 없는 공연이면 후원이 곤란해지거든요."

"연극과 문학을 꿈꾸는 고등학교 학생들이 스물아홉 명 모여 있습니다. 우리 이야기로 문학의 밤을 하려고 합니다. 문학의 밤 형식은 연극입니다."

선생님은 우리 말에 흔쾌히 고개를 끄덕여 주었다. 바로 본론을 말했다.

"알겠습니다. 그럼 공연할 작품의 대본을 정하고 알려 주세요. 그때 다시 얘기해 보도록 하죠."

"네, 알겠습니다."

이야기가 끝나기 무섭게 지푸라기라도 잡고 싶은 심정으로 말을 이었다.

"그럼 저희는 대본 말고 어떤 걸 더 준비하면 될까요?"

"공연이 어떤 방향으로 이루어질지 확실히 알면 후원이 가능합니다. 이 공연이 청소년들에게 어떻게 좋은 영향을 끼칠 것인지 고민해 준다면 공연장을 후원해 줄 수 있어요."

"고맙습니다."

목표가 생겼다. 우리 작품으로 다른 청소년들에게 어떻게 좋은 영향을 줄 수 있는지 생각해 보라는 목표. 그런데 이걸 어디선가 들어 본 적 있는 것 같다. 맞다. 지난번 교보문고에서 산 《연극》이론서에서 이것을 '기획의도'라고 한다는 걸 읽었다. 책에서만 봤던 걸 현장에서 해 볼 수 있다는 게 신기했다.

어쩌면 선생님은 처음부터 극장 후원을 허락해 줄 수도 있었다. 그런데 우리가 이 공연을 하는 사회적 의미를 생각할 수 있도록 보는 눈을 넓힐 수 있게 해 준 것 같다. 선생님이 말씀해 주지 않았다면 우린 개인적 영역 안에서만 머물러 있었을 것이다. 우리가 하는 문학의 밤이 청소년들에게 어떻게 하면 좋은 영향을 줄 수 있을까 밤새도록 고민했다.

그러면서도 극장 대관이 안 될 수도 있다는 불안한 생각은 하지 않았다. 다음 미팅 때까지 잘 준비한다면 분명 극장을 빌릴 수 있을 거라는 확신이 있었다.

다음 날 고공모는 영등포에 있는 연습실을 빌려서 첫 연습을 했다. 어떤 걸 연습할까 하다가 스트레칭과 발성 연습부터 하기로 했다. 우리에겐 구원투수가 있었다. 바로 오랜 시간 연극부에서 트레이닝과 발성 연습을 해 온 연주였다.

"내가 어떻게 해?"

"연극을 해 보지 않은 사람들이 많아서 연주 네가 우리한테 해 줬듯이 지도해 주면 모두 다 힘이 넘칠 것 같은데!"

연주도 부담이 되는 눈치였다. 하지만 연주보다 이걸 잘할 수 있는 사람은 없었다.

"알았어. 그냥 같이 몸 푸는 정도로만 할게."

첫 연습 날, 서로 다른 문화에서 살아온 청소년들이 문학의 밤을 올리자는 목적으로 한 공간에서 땀을 흘리기 시작했다.

"하나, 둘."

"셋, 넷!"

연주가 구령을 외치자 우리도 따라 했다. 처음엔 어색했지만 같이 몸을 푸니 어느새 서로 웃을 정도로 친해졌다. 같이 땀을 흘린다는 것은 백 마디 말보다도 서로를 더 잘 알아 가는 소통의 방법이다. 어쩌면 땀을 같이 흘리는 것이 '동료'가 아닐까.

"엄청 힘들다."

이번에 고공모에 들어온 동갑내기 여학생 민주가 말했다.

"그래도 시원하지?"

"응. 아픈데 시원해."

어느새 연주도 고공모 친구들과 친해졌다.

스트레칭과 발성 연습을 끝내고 동그랗게 빙 둘러앉았다. 우리의 현재 상황과 목표를 이야기하기 시작했다.

"자, 우선 우리가 공연할 극장을 알아봤어."

극장 이야기를 하자 팀원들의 눈동자가 휘둥그레졌다.

"문학의 밤을 올릴 극장은 대학로에서 멀지 않은 '아리랑아트홀'이라는 극장이야."

아리랑아트홀은 비로자나 청소년협회가 운영하는 곳으로 지하철 성신여대입구 역에서 걸어서 십 분 거리에 있다. 역에서 나와 미아리고개로 쭉 올라가면 성벽 모양으로 된 건물이 있는데 거기가 극장이다. 아리랑아트홀로 가는 길에는 점집들이 많아서 이 길에 극장이 정말로 있을까 하는 생각이 들 정도다. 없을 것만 같은 곳에 정말 극장이 있어서 더 신기한 극장이다.

"하지만, 아직 확정되지는 않았어. 확정되려면 우리 작품이 어떻게 청소년들에게 좋은 영향을 줄 것인지를 이야기해야 해. 오늘은 그 얘기를 해 보자."

열띤 토론이 이어졌다. 한 시간 정도 이야기를 해 보니 지금 우리가 하는 이 시도만으로도 청소년들에게 좋은 영향을 줄 수 있다는 생각으로 의견이 모아졌다. 나는 밤새 고민해 온 아이디어를 꺼냈다.

"나도 우리의 시도 자체만으로 청소년들에게 좋은 영향을 미칠 거라고 생각해. 청소년인 우리가, 우리 뜻으로 문학의 밤을 하겠다고 모인 거잖아. 또 직접 사회로 뛰어드는 거니까 이 도전을 제목으로 내세우면 청소년도 할 수 있다는 걸 보여 줄 수 있지 않을까."

"맞아. 또 스무 개가 넘는 서로 다른 학교에 다니는 학생들을 모은 사람도 바로 청소년이라는 점이 정말 좋아."

내 말에 연주가 호응해 줬다. 학생들도 저마다 고개를 끄덕이기 시작했다.

"그래서 난 지금 우리의 꿈을 연극 작품에 녹여 보려 해."

"어떻게요?"

고공모에 들어온 고등학교 1학년 남학생 정석이가 물었다.

"이번 문학의 밤 주제는 '청소년들이 명작을 만나다'야."

"명작을 만난다고요?"

"응. 우리가 직접 명작을 소개하는 거지. 청소년의 시각으로. 이게 왜 명작인지 연극으로 보여 주는 거야. 관객들은 청소년이 직접 뽑은 명작이라는 점에서, 또 청소년의 시선으로 재구성해서 연극으로 올린다는 점에서 흥미로워할 거라고 생각해."

이런 기획의도를 생각해 낸다는 게 뿌듯했다.

"그럼 작품은?"

"내가 생각해 봤는데 이번에는 정통 연극 작품을 하는 게 나을 것 같아."

희곡 작품 두 개를 소개했다. 셰익스피어의 〈한여름 밤의 꿈〉과 〈십이야〉였다. 이 작품들을 소개할 때 그동안 남몰래 연극을 공부했던 것이 빛을 발했다. '공부해서 남 준다'는 것이 이렇게 행복할 줄 몰랐다. 모두들 내가 하는 말에 귀를 쫑긋 세운 채 들었다. 내 설명을 다 듣고 나서 팀원들이 마음에 끌렸던 작품은 바로 〈한여름 밤의 꿈〉이었다.

〈한여름 밤의 꿈〉은 엇갈리는 연인들의 사랑을 '사랑의 묘약'과 '요정'의 힘으로 이루어 내는 이야기다. 팀원들은 이 이야기가 판타지스럽기도 하고, 사랑의 묘약으로 사랑이 엇갈리는 게 재미있고 로맨틱하다고도 했다.

"그럼 난 이 작품을 청소년의 시선으로 각색해 볼게. 5일 뒤에는 각색 대본으로 연습해 보자."

"정말? 혼자서 괜찮겠어?"

연주가 놀라며 물었다.

"응, 해야지."

해 보겠다고 말은 했지만 진짜 해낼 수 있을까 걱정되었다. 하지만 약한 모습을 보이면 팀원들이 흔들릴 것 같아서 말부터 내뱉었다. 그리고 진짜 해내고 싶었다. 팀원들에게 고딩만의 공연 모임에 믿음을 주고 싶었다.

"근데 지금 곧 겨울인데요? 한여름 밤의 꿈 괜찮을까요?"

오순이가 머리를 긁적이며 물었다.

"오히려 더 좋을 것 같은데. '청소년이 한겨울에 꿈꾸는 한여름 밤의 꿈' 괜찮지 않아?"

청소년인 우리가 한겨울에 꿈꾸는 〈한여름 밤의 꿈〉이라. 팀원들에게 설명을 잘 못 했을지 모르지만, 이게 내 마음속에 탁 꽂힌 까닭은 하나다. 한겨울은 추운데 꿈을 향해 나아가는 우리의 모습은 추운 겨울에도 따뜻한 여름을 열 수 있을 것 같았다. 그만큼 용기와 희망이 있었다.

난 그날 밤부터 대본을 각색해 나갔다. 각색이라고 해서 작품을 크게 바꾸지는 않았다. 오직 청소년의 시선으로 이 작품을 바라보았을 때 재미있고 공감되는 부분을 강화시켰다.

"선배님, 근데요. 셰익스피어의 그 많은 작품 가운데 왜 한여름 밤의 꿈을 추천한 거예요?"

각색 작업을 할 때 오순이는 우리 집에 자주 왔다. 오순이는 맨날 도와줄 게 없냐고 물었다. 그저 옆에 있기만 해도 힘이 된다고 했는데 오순이는 잘 믿지 않았다. 하지만 사실이다. 지칠 때 오순이와 이야기하면 정말이지 큰 힘이 났다.

"한여름 밤의 꿈은 사람들이 많이 아는 셰익스피어의 비극 작품들과 달리 무겁지 않고 유쾌하잖아."

"그렇긴 해요. 근데 선배님은 셰익스피어의 다른 비극도 다 읽어 봤어요?"

"다는 아니고……. 4대 비극은 이번 문학의 밤 끝나고 다 읽어 봤어."

"와우! 대박, 대투더박! 엄청난데요."

"엄청나긴 뭘."

이런 오순이 덕분에 힘들게 공부한 시간을 보상받는 것 같았다. 셰익스피어의 비극을 읽는 건 정말 힘들었다. 〈햄릿〉, 〈맥베스〉, 〈오셀로〉, 〈리어왕〉의 등장인물들이 하는 고민은 아주 심오하고 철학적이었다. 그래서 이 고민들을 청소년인 우리가 풀 수 있을까 고민되었다.

"그럼 로미오와 줄리엣은요? 걔네들 검색해 보니까 우리와 같은 십 대더라고요."

"물론, 로미오와 줄리엣도 생각했지. 근데 난 로미오와 줄리엣은 청소년이 아니라 성인들처럼 느껴졌어."

"왜요?"

"얘네들은 서로를 위해 큰 희생을 하더라고. 희생의 의미를 아는 것 같았어. 그래서 우리가 고민하는 범위 그 이상이라고 느껴지더라."

"우와!"

오순이는 정말 솔직하게 반응했다. 내 이야기가 재미없으면 표정에서 다 드러났다. 그래서 극본이 잘 가고 있는지 점검할 때 오순이는 큰 도움이 되었다.

"선배님, 이런 인터뷰도 있네요."

"어떤 거?"

"선배님 말이 정말 맞나 봐요."

오순이는 내 옆에서 작품을 검색하며 잘 모르는 정보를 찾아주었다. 그러다가 오순이가 어떤 외국 연출가의 인터뷰를 발견했다. 그 연출가는 셰익스피어 작품의 인물은 배역의 나이보다 스무 해는 더 산 배우들이 맡는 것이 배역 소화를 더 잘할 것이라고 말했다. 내 판단이 틀리지 않았다는 생각에 기뻤다. 오순이와 나는 하이파이브하듯 서로의 손뼉을 마주쳤다.

"선배님, 선배님이 이렇게 웃는 거 처음 봐요."

"그, 그래?"

사실은 엄청 불안했다. 말은 내뱉었지만 잘하고 있는 건지 몰랐다. 주변 사람들에게 티를 내지도 못했다. 내가 이 작업을 못 끝내면 다른 친구들이 의욕을 잃을지도 모른다고 생각했다.

한번은 문수까지 와서 밤새도록 이야기를 나누었다.

"한여름 밤의 꿈에서 어떤 부분들이 우리랑 가장 비슷할까?"

문수의 말에 멈칫했다.

"음……."

"철이 더럽게 없잖아요."

오순이의 대답에 웃음이 터졌다. 정말 배꼽이 사라질 정도로.

하지만 생각해 보니 오순이 말이 맞았다. 〈한여름 밤의 꿈〉의 헬레나, 허미어, 디미트리어스, 라이샌더는 굉장히 충동적으로 행동하리만큼 철이 없다고 느껴졌다. 때론 순수해 보이기도 했다. 이

들의 정신적 나이와 감수성을 보면 우리가 연기해도 괜찮다고 느

낄 정도이니 말이다.

 "정말 사랑의 묘약이 있으면 얼마나 좋을까. 그러면 내가 좋아

하는 사람도 날 좋아하게 만들 수 있잖아."

 "왜요? 좋아하는 사람 있어요?"

 문수가 감상에 흠뻑 빠져서 말하자 오순이가 사냥감을 찾았는

지 대뜸 물었다.

 "이, 있기는……. 어, 없어!"

 문수가 없다고 잡아뗐지만 나랑 오순이는 문수가 누굴 좋아하

는지 알고 있었다. 그건 바로 나래였다. 언제부터 좋아하게 되었는

지 모르겠지만.

 "이번 문학의 밤 하면서 좋아하게 된 것 같지 않냐?"

 문수가 잠깐 화장실에 간 사이 오순이에게 물었다.

 "음, 제가 보기엔 문학의 밤 하기 전부터 좋아했던 것 같은데요."

 "정말?"

 "우리 커피숍에서 첫 미팅할 때부터 눈빛이 달랐어요."

 "그럼 어쩌면 우리가 큐피드를 해 준 거네."

 "그러네요. 근데 큐피드면 사랑을 이뤄 줘야 하는데요."

 "아, 그렇구나."

 나래의 마음은 모르겠지만 우리가 보기에는 문수의 짝사랑으로

보였다.

"정말 사랑의 묘약이 있으면 나래 누나와 문수 선배를 맺어 주고 싶어요."

"사랑의 묘약……. 진짜 있으면 좋겠다."

나도 모르게 말이 나왔다. 그러자 오순이는 무언가를 느꼈는지 날 갑자기 쏘아봤다.

"왜요?"

"아, 문수와 나래 맺어 주고 싶어서."

"그게 진짜 이유예요?"

"그게 진짜 이유지."

"진짜 진짜요?"

"아, 진짜라니까."

오순이가 사냥꾼이라도 된 것처럼 나에게 더 물으려고 했지만 다행히 문수가 방으로 들어와 멈출 수 있었다. 문수와 오순이가 돌아간 뒤 혼자 남았을 때는 정말 사랑의 묘약이 있다면 내가 큐피드가 될 수도 있겠다는 생각이 들었다. 어쩌면 요정이 뿌리는 사랑의 묘약은 지금 우리들에게 낭만처럼 느껴졌다. 그 주제로 문수랑 오순이와 시간 가는 줄 모르게 이야기를 나눴으니까 말이다. 셰익스피어의 〈한여름 밤의 꿈〉이 더 가깝게 느껴졌다.

"민규야, 잘 되어 가?"

각색 작업 마감 전날, 연주에게 전화가 왔다.

"그럭저럭."

"내가 한여름 밤의 꿈을 계속 읽어 봤는데, 보면 볼수록 청소년들이 고민할 법한 게 많이 담긴 것 같아. 이런 판타지스러움이 청소년들의 순수함에 더 잘 맞는 것 같기도 해."

"왜?"

"아직 사랑이라는 걸 모를 때지만 사랑을 안다고 말할 용기가 있는 게 바로 우리 나이니까."

번개를 맞은 듯한 느낌이 들었다. 연주에게 사랑이라는 감정이 다가온 적이 있나. 그 감정을 용기 내서 누군가에게 말해 본 적이 있나. 이런 생각들이 밀려왔다. 진짜 그런 건가…….

"그래서 말인데."

"응……. 그래서?"

"이런 부분을 더 잘 드러나게 각색해 보는 건 어떨까? 우리가 공감할 수 있도록 원작을 조금 더 쉽고, 조금 더 가볍게."

"아……."

"왜?"

"아, 아냐."

"내가 하루 전인데 너무 말이 많았지?"

"아니야."

"미안해."

"아니라고."

"그래? 그럼, 음……."

"음?"

"파이팅."

피식 웃음이 터져 나왔다. 그래서 나도 말했다.

"파이팅!"

'뭘 기대했던 걸까.'

이런 생각은 잠시, 연주가 해 준 말에 아이디어를 얻어 컴퓨터 키보드를 두들겼다. 어느새 다음 날 아침이 밝았다.

"끝났다!"

밤을 꼬박 샜는지도 몰랐다. 하지만 약속한 시간 안에 각색을 마쳤다. 이걸 해냈다는 게 스스로 자랑스러웠다.

"선배님, 대박, 대투더박!"

내가 끝냈다고 말하자, 오순이는 대본도 보지 않고 울 듯이 기뻐해 줬다. 그래서 따끈따끈한 각색 대본을 들고, 기다리고 기다렸던 청소년협회에 다시 찾아갔다.

"선생님, 여기 대본입니다."

선생님은 대본을 받아들고 한참을 읽어 보았다. 선생님이 읽을 동안 우리는 협회 근처를 서성였다. 선생님이 다 읽었다고 전화를 하자 다시 협회 사무실로 갔다. 결과가 좋지 않다면 지금껏 어떤 생각들을 했는지 모두 다 말하려고 했다. 하지만 선생님은 우릴 보자마자 정말 환하게 웃었다. 표정만으로도 알았다. 우리에게 극장을 쓰게 해 주겠다는 걸.

"깨끗하게 잘 써야 합니다."

"정말요? 아, 고맙습니다."

"고맙습니다, 선생님."

"한번 해 보자고요. 청소년들이 한겨울에 꿈꾸는 한여름 밤의 꿈이라, 재미있겠어요."

우리는 첫 연습을 하고 5일 만에 우리가 공연할 극장을 확정할 수 있었다. 공연 날은 2003년 1월 3일부터 1월 5일까지로 정해졌다. 공연 횟수는 사흘 동안 다섯 번. 학교 축제 때는 하루 한 번 공연만 해 왔는데, 사흘에 다섯 번이라니. 마음이 이상했다. 진짜 배우가 된 느낌이라서? 아니면 어른이 된 것 같아서?

고공모의 연습은 더 뜨겁게 이어졌다. 정식 극장에서 공연을 한다는 그 소식이 엄청난 힘이 되었다. 서로 다른 환경에서 살아온 고등학생들이 하나의 꿈을 향해 나아가는 일은 어려울 거라고 생각했는데, 꿈이 맞으니 하나가 되는 듯했다.

우리가 불량 서클이라고?

극장 대관이 확정되고 나서는 마치 초강력 모터가 달린 것처럼 연습에 박차를 가했다. 동시에 작품 의상과 소품을 준비했다. 〈한여름 밤의 꿈〉은 인간 세계와 요정 세계를 표현해야 하는데 그러기 위해선 의상이 매우 중요했다. 인간 세계에서는 귀족과 서민을 구분해야 했고, 요정들도 요정 왕과 장난꾸러기 요정으로 구분해야 했다.

동대문시장이 옷의 중심지라고 들어서 무작정 찾아갔다. 하지만 동대문시장에는 현대적인 옷들이 많았다. 현대적이면서도 고전적으로 보이는 옷을 찾으려고 샅샅이 뒤졌지만, 우리가 찾는 옷은 보이지 않았다. 우리가 의상 참고자료로 삼았던 영화는 〈셰익스피어 인 러브〉와 〈한여름 밤의 꿈〉이었기 때문이다.

참 놀라운 점은, 여럿이 모이니 저마다 가진 재능들이 공연을 만드는 데 빛을 발할 때가 많았다. 의상을 아무도 해결하지 못하고 있는데 평소 패션에 관심이 많던 민주가 이렇게 말했다.

"이런 고전 의상들은 천 쪼가리 몇 개만 있으면 충분히 만들 수 있겠는걸?"

그도 그럴 것이 민주는 자기 옷을 직접 수선하는 취미가 있었다. 고전 의상은 민주가 해결해 주었다. 의상이 해결되자 무대 설치 문제가 눈앞에 닥쳤다.

"다행인 건 아리랑아트홀은 무대 뒷벽이 진짜 성벽 모양이어서 그게 우리 무대처럼 보이는 것 같아."

"나도 그렇게 생각했어요."

"나도."

내 말에 오순이와 연주, 다른 친구들도 맞장구쳤다. 정말이지 아리랑아트홀은 고전에 어울리는 극장이었다. 밖에서도 성처럼 보이고, 안에서도 무대 뒷면이 성벽처럼 보였기 때문이다. 따로 디자인을 하지 않았는데도 말이다.

"그래서 말인데, 이걸 그대로 활용하면서 그 시대에 어울릴 만한 테이블과 의자 정도만 만드는 건 어떨까?"

"좋아요."

"오, 그럴싸한데."

오순이와 연주가 답했다.

"어떻게 만들지?"

중요한 건 어떻게 만드느냐는 거였다. 내가 묻자 모두 조용해졌다. 방법이 안 떠올랐다. 그런데 마음이 무거운 우리와 달리 싱긋 웃는 친구가 있었다. 바로 정석이었다.

"그냥 평범한 나무 의자를 사다가 목재를 덧대고 뚝딱뚝딱 하면 될 것 같은데요."

정석이는 공업고등학교에 다니는 친구인데 기술을 아주 잘 배웠다. 그도 그럴 것이 아버지가 목수여서 아버지한테 이런저런 기술을 배운 것이다. 정석이는 자기가 날마다 하던 것과 크게 다를 게 없다며 당장 내일이라도 만들 수 있다고 말했다. 의외로 무대도 쉽게 정리를 했다.

그리고 가장 중요한 공연 포스터. 디자인을 어떻게 할까 의논했다. 문예부에서 작업했던 문학의 밤 포스터는 마치 책 표지 같았고, 문학의 밤이라는 제목을 크게 돋보이게 하는 게 그동안 전해 내려온 디자인 방향이었다. 글씨 말고는 디자인이라고 말할 수 있는 게 없었다.

하지만 고공모에서 공연하는 〈한여름 밤의 꿈〉은 조금 달랐으면 했다. 포스터만 봐도 작품과 우리 단체를 알 수 있게 디자인하면 좋겠다고 생각했다.

"한여름 밤의 꿈과 겨울이라는 계절이 잘 나타나면 좋을 것 같은데……."

민주가 말문을 트자 모두가 그동안 생각했던 것들을 나누었다.

"하얀 느낌이 있어도 좋을 것 같아."

연주가 덧붙였다.

"하얀 느낌, 어떤 느낌으로?"

내가 다시 물었다.

"음, 꿈처럼 환상적인 느낌?"

"빛 같은 느낌, 맞지?"

"응. 맞아, 맞아."

연주와 내가 나누는 말에 문수가 아이디어가 번뜩 떠오른 듯이 입을 열었다.

"빛 좋다. 빛이 마치 꿈 같잖아."

"그러네. 꿈. 한여름 밤의 꿈, 그리고 우리의 꿈! 민규야, 네 생각은 어때?"

내가 빛이라는 말에 잠깐 생각에 잠겨 있는데 연주가 물었다.

"좋을 것 같아. 그 빛이 아예 중심이면 좋겠어. 마치 우리가 갈 길처럼. 그 길이 빛인 것처럼. 그리고 그 위에 제목 한여름 밤의 꿈이 딱 붙는 거야."

"와우! 대박! 대투더박!"

"좋은데."

"나도."

모두가 좋아하며 포스터 디자인을 확정했다. 이제 디자인할 사람을 정하려는데 오순이가 손을 번쩍 들었다.

"선배님! 제가 한번 만들어 봐도 될까요?"

어찌 보면 이번에 처음 만난 친구들이 스태프 일을 많이 맡게 되어 스태프 일 가운데 하나쯤은 자기가 확실히 책임져야겠다고 느낀 모양이다. 이럴 때마다 행동부터 하고 보는 오순이가 큰 힘이 되었다.

"할 수 있겠어?"

"저, 만화 그리는 거 좋아하잖아요. 한번 해 보죠, 뭐."

이 말에 오순이를 믿었다. 오순이는 틈만 나면 만화 속 인물들을 그렸다. 취미라고 하기에는 실력이 좋아서 가끔은 만화를 진짜해 보는 건 어떠냐고 묻기도 했다. 그럴 때마다 오순이는 '취미일 뿐입니다' 하고 대답했다.

"우와, 진짜 엄청난데!"

이틀 뒤, 오순이가 작업해 온 것을 보여 줬는데 모두 입이 떡 하고 벌어졌다. 깔끔하면서도 근사하게 나왔기 때문이다. 이걸로 포스터를 출력했다. 오순이도 취미였던 그림으로 포스터를 만들자 포스터를 볼 때마다 자기 작품이 전시된 것 같다며 좋아했다. 그런데 저마다 맡은 일을 다 마칠 때 즈음, 문제가 생겼다.

내가 두 달 동안 아르바이트한 돈으로 감당하던 제작비가 거의다 떨어졌다. 공연은 보름이나 남았는데 말이다. 이제 곧 겨울방학이 시작되면 그때부터는 하루 종일 연습을 해야 하는데 그럴 만한 제작비가 없었다.

"어떡하지?"

문수가 물었다.

"그러게요. 진짜 어떡하죠……."

오순이도 말했다. 마땅한 방법이 없었다. 돈이 가장 많이 드는 건 공연을 앞둔 마지막 일주일인데, 그 일주일을 버틸 돈이 없었다.

"어떡하긴 뭘 어떻게 해."

연주가 말했다.

"연주 누나. 근데 제작비가 없어서 앞으로 밥도……."

"자기가 먹을 밥은 도시락을 싸 오기로 하자."

오순이 말을 끊고 연주가 말했다.

"자기가 먹을 건 스스로 챙겨 오자. 더 이상 식비에 돈을 쓰지 마. 그 돈이 있다면 차라리 무대든 의상이든 소품에 더 쓰자. 우리 모두 문학의 밤을 하겠다고 모인 건데 한 명만 부담하게 하면 안 돼. 할 거면 다 같이 부담해야지. 그래야 진짜 식구 아니겠어?"

"식구요?"

"그래. 식구라면 공연을 준비하는 것도 다 같이 책임져야지. 그게 진짜 식구야."

이 말이 그렇게 고마울 수가 없었다. 고공모를 해 나가면서 가장 힘들었던 건 밥과 연습할 공간을 준비하는 것이었다. 연습 시간이 늘어날수록 때마다 끼니를 챙겨 줘야 했는데, 제작자가 십 대 청소년인지라 그게 그렇게 어려웠다.

대표로서 팀원들을 챙겨 주고 싶은 마음은 굴뚝 같았는데, 연습을 해 나갈수록 나는 지금 그런 능력이 없다는 걸 깨달았다. 두 달 알바비를 모아도 백만 원이 채 안 되는 돈이었다. 간식을 몇 번 먹었더니 이 돈도 금세 없어졌다. 연주가 먼저 식비를 줄이자고 하자 정말이지 다들 도시락을 싸 왔다. 연주의 말은 정말 크나큰 힘이 되었다.

하지만 해결되지 않는 게 하나 있었다.

"가장 큰 문제는 연습실이에요……."

"한강 공원에서 연습하면 되지. 거기 공터도 많고 얼마나 좋아."

연주는 이번에도 바로 대답했다. 그렇다. 지금 우리에겐 이 말이 정답이다. 학교가 여의도에 있다 보니 문예부원들과 연주는 한강 공원이 아주 익숙했다. 연주가 한강 공원을 말하자 나도 고민 없이 좋다고 해 버렸다.

스무 명이 넘는 고공모 팀원들은 한강 공원으로 갔다. 사람들이 잘 다니지 않을 것 같은 공터를 골랐다. 극장의 무대 크기만큼 공간을 표시하고 연습을 했다. 연습은 이제 블로킹 단계 막바지였다.

연극 연습은 크게 '테이블' 단계, '블로킹' 단계, '리허설' 단계로 나뉜다. 테이블 단계는 말 그대로 테이블에서 할 수 있는 모든 작업을 마치는 것이다. 팀원들과 작품 이야기를 나누고, 작품 연출 방향을 공유하고, 배역들의 목표를 잡으며, 대사를 외우는 단계다.

대사를 다 외우면, 테이블을 치우고 블로킹 단계로 들어간다. 블로킹은 일어서서 움직이는 단계다. 무대 위 공간을 설정하고 배우들이 움직이는 순서를 정한다. 이걸 동선이라고 부른다. 블로킹은 일어서서 동선을 만드는 작업이다.

마지막 리허설 단계는 극장에 들어가기 전에 실제로 공연하듯이 연습실에서 작품을 끊지 않고 쭉 실연해 보는 단계다. 공연처럼 말이다. 그러면서 공연에서 일어날 수 있는 문제들을 리허설 단계에서 확인하고 보완하는 게 핵심이다.

우리의 연습 단계는 바로 블로킹 마지막 단계였다. 배우들은 대본을 다 외우고 이제 동선을 어느 정도 만들어 가는 상태였다.

그런데 이때였다. 갑자기 학교에서 호출이 날아왔다. 한강 공원에서 연습하는 우리가 불량 청소년들이 모여 있는 걸로 학교에 알려졌기 때문이다. 모임의 대표가 재학생인 나라서 학교도 민감했다. 생각조차 못 했다. 학교 밖에서 꿈을 이루겠다고 마음먹고 나서 그 뒤로는 학교를 거의 나가지 않았다. 그래서 내가 이 사실을 뒤늦게 알았을 수도 있다.

우리는 사람이 잘 안 다니는 공터를 찾아 연습했다. 그렇다 해도 장소가 한강 공원인지라 지나가는 사람들 눈에 띄었을 테고, 연극 연습을 하는 모습이 달리 보였을 수도 있겠다는 생각이 들었다. 학교 수업을 마치고 교복을 입고 온 아이들도 있어서 우리를 불량 청소년으로 보았을 수도 있다. 너무 억울했다. 그저 연극 연습을 했을 뿐인데……. 그런 우리가 왜 담배를 피고 술을 마시는 불량 청소년으로 비친 걸까. 너무나도 억울했다.

어머니와 나는 다음 날 학교로 불려 갔다. 어머니는 학교 입장에서 바라본 내 상태에 대해 이야기를 들었다. 나는 무단결석을 계속하고, 자퇴를 이야기했던 학생이라는 것. 그다음부터는 아예 학교를 나오지 않다가, 불량 서클을 만들어 한강에서 술 마시고 담배를 피운다는 터무니 없는 소문들까지.

어머니가 선생님께 이 이야기를 듣는 동안 나는 밖에서 기다렸다. 어머니는 이야기를 마치고 나오자마자 학생들 눈에 덜 띄는 운동장 구석으로 날 데리고 갔다.

"다 들었어. 다 들었으니까, 다 이해하고 다 봐줄 테니까, 고공모라는 거 그거 해산하자."

하루아침에 무슨 일이 일어난 걸까.

"엄마, 열흘 뒤면 공연이야."

"그게 뭐가 중요해?"

아무 말도 통하지 않았다. 소통될 리 없는 대화들이 또다시 오갔다. 하지만 더 이상 질 순 없었다, 더 이상은.

"지금 그 단체 없애면 다 봐준대. 학교 무사히 다니게 해 준다고 엄마가 약속 받아 냈어. 그러니까 엄마 말 들어. 알았지? 다들 너한테 기대가 커. 자, 가자."

"엄마……. 엄마는 누구 편이야?"

"엄마는 당연히 네 편이지."

"근데 왜 내 말을 안 들어?"

"누구나 다 방황해. 지금은 잠깐 스쳐 지나가는 중인 거야. 그러니까……."

"나 고공모 없애지 않을 거야. 왜 없애야 해? 나 공연할 거야!"

"엄마 말 들어. 그래야 너 고등학교 졸업할 수 있대."

"필요 없어. 그딴 거."

"뭐?"

"필요 없다고. 나 고등학교 졸업 안 해도 돼. 그런 거 다 필요 없어. 그런 게 내 꿈을 막는다면 나 학교 안 다녀!"

"너 하고 싶은 건 대학교 입학하고 난 다음에 마음대로 하라고 했잖아!"

"지금이 아니면 내 꿈은 없다고!"

처음으로 어머니 손을 뿌리쳤다. 어머니와 나는 더 이상 대화가 불가능했다. 나도 더 이상은 학교에 있을 수 없었다. 열흘 뒤에 공연을 해야만 했다. 이걸 못 하게 된다면, 정말 나는…… 앞으로, 한 걸음도 나아갈 수 없을 것만 같았다.

그리고 저녁 연습 때 알았다. 나뿐만 아니라 고공모에 가입한 다른 학생들도 학교에서 호출당해 혼나거나 퇴학 경고를 먹었다고 한다. 마치 학교끼리 정보를 주고받은 것 같았다. 일주일 정도 한강 공원에서 연습했을 뿐인데 그게 그렇게 파장이 클 줄 몰랐다.

저녁 시간 한강 공원에는 돗자리를 깔고 술을 마시는 사람들이 더러 있었다. 그래서 한강 공원에 학생들이 스무 명 정도 모여 있으니 지나가는 사람들 눈에는 그렇게 보였던 걸까. 차라리 더 늦게 연습해도 되니 교복을 입고 오지 말라고 할 걸 그랬나.

교복을 입고 밤늦게까지 학원에 있다가 집으로 가는 학생들도 많았으니 우리가 모여 있는 건 전혀 문제가 없을 줄 알았다. 우리도 우리 미래를 위해 연습을 한 것이니까. 그런데 그게 그렇게 문제였을까……. 소리도 작게 연습했고 사람들이 잘 안 다니는 공터를 골랐는데…….

우리를 어떤 시선으로 보느냐에 따라 다르게 보였을 것이다. 그 시선 때문에 우리가 받은 상처는 너무 컸다. 이번 일로 고공모 팀원들 가운데 일부는 고공모를 그만두었다. 부모님과 학교의 시선을 무시할 수 없었기 때문이다.

"미안해. 어쩔 수 없네. 부모님이 설득이 안 돼."

"나도……."

"저도요……."

오늘은 이런 말을 수도 없이 들었다.

정말 미안했다. 고공모로서 문학의 밤이라는 꿈을 향해 같이 가자고 했는데 난 아무도 지켜 줄 수 없었다. 팀원의 부모님께 전화를 받기도 했다. 모두 고공모를 그만둔다고 말했다. 부모님들도 얼마나 걱정이 되면 나한테까지 연락을 했을까……. 고공모를 그만둔다고 말한 그 부모님들을 설득할 수 없었다. 나한테 부모님들을 설득할 수 있는 무기가 생겼으면 하고 수천 번을 기도했다. 하지만 나는 그 어떤 말로도 부모님들을 설득할 수 없다는 걸 알았다. 우리는 아직 우리 삶을 스스로 책임질 수 없는, 아니! 책임지게 하지 못하는 사회 안에서 사는 청소년들이었으니까……. 그렇게 함께 하자고 했는데 정작 이 위기에서 내가 할 수 있는 건 없었다.

'미안해. 정말로…….'

고공모는 절반으로 줄었다. 공연을 열흘 앞두고.

쓰디쓴 어른들의 세계

이제 우리는 어디에서 연습해야 할지도 몰랐다. 있는 돈 없는 돈 다 끌어모아 여기까지 왔는데 어디에 기대야 할지도 몰랐다. 딱 열흘만 버티면 극장에 들어갈 수 있는데 그 열흘 동안 어떻게 연습해야 할지 머릿속이 복잡해졌다.

그런데 이때였다. 우리가 예전에 고공모 인터넷 카페에 공연 포스터와 공연 소식을 올린 것을 보고 연극영화과 입시 학원들이 앞다투어 공연 때까지 연습실을 주고 무료로 연기 수업도 해 주겠다며 메일을 보내 왔다. 하필 이때 말이다.

'이게 웬 횡재냐. 위기 속에서도 살아날 구멍은 있구나.'

그런데 의심했어야 했다. 너무 쉽게 주어진 기회는 기회가 아니라는 걸.

오늘을 빼고 나면 딱 9일을 버티면 되었기에 메일을 보내온 곳 가운데 한 곳에다 무작정 전화했다. 전화를 받은 학원 원장 선생님은 우리 작품을 봐주겠다고 말하고 우리를 학원으로 불렀다. 정작 우리 연습은 정말이지 오 분도 채 보지 않고, 연극영화과 입시 이야기를 꺼냈다. 입시를 준비할 때 필요한 것들만 이야기 해대니 혼란스러웠다. 지금 우리는 입시가 아닌, 어설플지라도 공연을 올리는 게 먼전데……. 마음이 참 아팠다.

이런 걸 예상도 못 하고 두 시간 가까이 붙잡혀 있었다. 그것만으로도 지쳤다. 하지만 포기할 순 없다. 연습 공간을 후원해 준다는 학원을 한 곳만 더 가 보기로 했다. 이번에는 나만.

여기는 아까보다 더 노골적이었다. 나 혼자 가니 원장 선생님은 연습실로 가지 않고 상담실로 데리고 갔다.

"공연이 끝날 때까지 우리가 연습실을 무료로 지원해 줄 테니까 고공모 학생들은 우리와 계약하는 건 어떨까?"

"어떤 계약이요?"

"고공모 학생들은 모두 수강료를 20퍼센트 할인해서 입시 지도해 주는 조건으로. 아, 그리고 학생은 대표니까 특별히 50퍼센트 할인해 줄게."

너무 화가 났다. 우리의 꿈은 어른들의 거래 조건이 아닌데! 그제야 깨달았다. 연극영화과 학원들이 우리에게 베푼 친절엔 다 숨은 뜻이 있었다는 걸. 스무 명 가까이 연극하는 청소년들이 모인 모임은 연극영화과 입시 학원들의 타겟이 될 수 있다는 걸.

그리고 다른 하나는, 청소년인 우리에게 좋은 어른도 분명 있지만 준비가 되지 않은 우리에게는 좋지 않은 어른들을 만날 확률이 더욱 높다는 것을.

그냥 학원을 나오는데 갑자기 원장 선생님이 돌아서는 내 등에 대고 이런 말을 했다.

"학생도 다른 친구들도 입시 준비는 해야지. 입시 안 볼 거야? 동아리 공연 이런 거에 집중할 때가 아냐. 연극영화과 입시 그거 만만치 않다. 하늘의 별 따기야. 지금 매진해도 될까 말까인데. 이러다가, 재수, 삼수, 사수, 오수하다 대학 못 가고 군대 끌려가는 애들 태반이야. 너 그렇게 되고 싶어?"

그 원장 선생님은 학원을 나가는 나한테 한두 마디가 아니라, 떠나가는 그 순간까지 할 수 있는 모든 말을 마구 내뱉었다. 그 말들을 더 듣고만 있을 수 없었다. 조금이라도 더 빨리 빠져나오는 것이 내가 할 수 있는 최선이었다.

참 억울했다. 난 누구에게도 입시를 보지 말자고 얘기한 적 없다. 그저 지금 이 순간 우리들의 꿈을 위해 공연을 올리자고 한 것뿐인데, 왜 내가 그런 말을 들어야 했을까.

그날은 일요일이라서 종일 연습할 수 있었는데……. 어느덧 기회라고 믿었던 것이 위기가 된 채 저녁을 맞이했다. 우리는 연습할 수 있는 공간이 정말 없었다. 결국 우린 지하철역 의자에 앉아 우리들만 들을 수 있게 작은 목소리로 연습했다. 서로의 대사만 확인할 수 있을 정도로.

또 하루가 지났다. 몇 날 며칠을 방과 후에 만나 인적이 드문 놀이터, 인적이 드문 공터를 찾아다니며 추위를 견디고 속삭이듯 연습했다. 평일에 팀원들이 학교에 있을 시간에 나는 연습실을 빌릴수 있는 대관비를 마련해 보려고 공연 티켓을 미리 팔기 시작했다. 공연 티켓은 한 장에 이천 원을 받고 팔았다. 떡볶이를 사 먹을 수 있는 돈으로 사람들이 공연을 볼 수 있다면 좋겠다는 생각으로 티켓값을 매겼다. 물론, 그 이천 원은 우리가 공연을 올릴 수 있게 해주는 후원금이기도 했다.

그렇다고 누구나 다 아는 예매 사이트에 우리 공연을 올리지는 못해서 예매 시스템도 손수 만들어야 했다. 고공모 인터넷카페를 활용했다. 티켓을 예매하면 좋은 자리는 물론이며, 오백 원을 더 할인해 주겠다고 홍보했다. 한 명이 예매하면 천오백 원이지만, 열 명이 예매하면 만오천 원이다. 스무 명이 예매하면 삼만 원으로, 연습실을 하루 정도 빌릴 수 있는 돈이 모인다. 지푸라기라도 잡겠다는 마음으로 글을 올렸다. 하루만이라도 제대로 된 연습실에서 연습할 수 있다면 그것만으로 충분했기 때문이다.

엎친 데 덮친 격으로 12월 말이 되자 학교가 방학을 했다. 이 말은 고공모 팀원들도 방학을 맞이한다는 뜻이다. 다시 말해, 밖을 돌아다니는 시간이 더 많아졌다. 나도 자퇴를 외쳤지만 부모님이 강하게 반대해서 자퇴는 처리되지 않은 채 방학을 맞이했다. 학생이 스스로 자퇴를 외치고 자퇴 신청을 해도 보호자가 허락하지 않으면 자퇴 처리가 안 된다는 게 신기했다.

"선배님, 밖에서는 더 연습을 못 하겠어요."

"맞아. 너무 춥다."

마음이 아팠다. 한겨울의 강추위에 연습 공간도 없이 열정만으로 만들어 가는 우리 모습이…… 계획대로라면 이 시기에 연습을 더욱 몰아쳐야 했는데 말이다.

며칠이 흘러 공연은 일주일 앞으로 다가왔다. 인터넷 카페에 올린 홍보 글에 기적처럼 열 명 남짓한 사람들이 티켓을 예매했다.

"말도 안 돼."

"진짜 예매하네."

"청소년들이 하는 공연인데."

티켓값이 전혀 부담이 없는 천오백 원이라는 점이 한몫했다. 또 청소년인 우리가 학교 밖에서 공연을 한다는 사실에 관심 있는 사람들도 많았을 것이다. 우리는 아이디어를 더 모았다. 어떻게 하면 조금이라도 더 안정된 연습실에서 하루라도 더 연습을 할 수 있을까를 주제로 이야기를 나누었다. 팀원들의 지인들에게 알려, 우리는 티켓값을 미리 받고 지인들에게는 좋은 자리를 마련해 주는 기획 홍보를 하기로 했다. 학교 밖에서 공연을 해 보니 이런 기획도 처음 해 보았다.

시간이 조금 더 있었다면 남는 시간에 어떻게든 일일 아르바이트를 구해 볼 수 있었겠지만, 지금은 그럴 여유가 없었다. 무엇보다 공연 연습에 더 매달려야 했기에 아르바이트를 할 수도 없었다. 가뜩이나 두 달 동안 아르바이트를 한 커피숍도 공연을 한 달 앞두고 스스로 그만두어서 돈을 마련하는 데 이 방법이 최선이었다.

나 혼자 머릿속으로 생각할 때는 큰 효과를 보지 못했지만 팀원 모두가 하나 되어 홍보를 하니 효과가 커졌다. 주변 사람들에게 하는 홍보지만 고공모 팀원들도 숫자가 꽤 되었다. 모아 보니 모두 사십 명이나 예매를 해 주었다. 팀원들이 이틀 동안 기획 홍보에 힘을 쏟은 결과 우리가 연습실에서 보낼 수 있는 사흘이라는 시간이 마련되었다. 모두가 마음을 하나로 모았기에 가능한 일이었다. 마침내 다시 연습실을 빌렸다.

"와…… 연습실에 다시 오니까 느낌이 진짜 이상하다."

"맞아. 다신 못 올 줄 알았는데."

연주와 민주가 감격했다. 이 친구들의 말처럼 우리는 마치 쫓겨났던 우리 땅을 다시 찾은 느낌이었다. 우리가 함께 노력해서 다시 연습실에 발을 들이니 눈가에 눈물이 핑 돌았다. 연습실에 들어오자마자 운 친구도 있었다.

"어떡해. 왜 울어? 다시 연습하게 되었는데."

"그야…… 너, 너무 좋아서. 너무 좋아서……."

한 친구가 울자, 연주도 따라 울었다.

정말 이상했다, 다시 연습실을 밟은 그 느낌이. 팀원들이 울자 우린 모두 아무 말도 하지 못했다. 하지만 슬펐던 것만은 아니다. 잠깐 뭉클한 시간을 가진 것이다.

우리는 앞으로 어떤 일이 또 일어나더라도 반드시 공연은 올리겠다고 마음을 다잡았다. 돈을 주고도 배울 수 없는 것을 배웠으니까. 청소년들이 스스로 어른들의 세계인 바깥세상으로 나아가 우리가 머물 집을 만들어 낸 기분이었다. 쓰디쓴 과정 속에서 스스로 성취해 낸 결과는 절대로 잊히지 않을 큰 배움이 되었다.

이제 우리에게 또 다른 목표가 생겼다. 우리를 믿고 티켓을 예매해 준 관객들에게 좋은 공연을 보여 주는 것이다. 우리를 믿어 준 관객들을 위해 우리는 남은 기간 동안 모든 것을 걸고 공연 준비를 했다. 사흘은 그 어떤 시간보다 값졌다. 우리는 1분 1초도 허투루 보내지 않고 계획했던 모든 공연 준비 작업을 끝마쳤기 때문이다. 계획했던 것을 하나도 빼놓지 않고 말이다.

마침내 공연 하루 전날이 되었다. 우리는 모든 준비를 마치고 극장에 들어갔다. 새해를 맞고 그다음 날인 1월 2일이었다.

새해에 펼치는 소중한 꿈

그저 문학의 밤을 학교가 아닌 사회에서 하겠다고 한 것뿐이었는데, 여기까지 오는 게 왜 이렇게 힘들었을까. 왜 공원에서 연습하면서 쫓겨나고, 학교에서는 불량배로 오해받았던 것일까. 왜 동료들을 잃을 수밖에 없었을까. 왜 지킬 수 없었을까.

한 가지 확실한 것은 우리를 믿어 준 관객들을 위해 남은 시간 목숨을 걸자는 다짐이다. 목숨이라……. '청소년들이 무슨 목숨이야?' 할 수도 있다. 하지만 목숨이 무엇인가. 내 전부다. 목숨을 건다는 건 내 전부를 걸었다는 말이다. 정말 걸었다, 내 전부를.

언젠가 내가 어른이 돼 어린 시절을 떠올려 보면 이날이 가장 기억날 것 같다. 내 인생 처음으로 내가 가진 전부를 걸었던 날이기 때문이다. 수도꼭지처럼 건들기만 해도 눈물이 터져 나올 것 같은 하루하루를 버텨 냈기 때문이다. 하지만 울지 않았다. 울어도 됐는데……. 왜 울지 않았을까. 대표라는 책임 때문이었을까……. 내가 울면 팀원들이 흔들릴 것 같아서였을까…….

우리는 공연 하루 전날 극장에 들어갔다. 고공모의 공연을 위해 거의 백일 동안 이날을 위해 달렸다. 이제 그날이 곧 펼쳐진다는 걸 알기에 우리가 벌인 일이 정말 현실로 다가왔다.

극장에 들어오자마자 무대를 설치하고, 분장실에는 의상을 가져다 두고, 조명기를 만졌다. 조명기를 만졌다고 해서 전문가들처럼 조명 디자인을 한 것은 아니다. 문학의 밤을 하면서 선배들한테 어깨너머로 배운 기술로, 어떤 조명기들이 들어오는지 확인하고 각을 맞추는 작업이었다. 그런 간단한 작업을 나와 우리 학교 문예부원들이 하자 고공모 팀원들은 '이런 것도 할 줄 알아?' 하며 우리에게 힘을 주었다.

무대를 밟는 그 순간을 그리워했던 탓일까. 극장에 들어오자마자 이런 준비는 일사천리로 진행되었다. 공연 전날 리허설까지 진행하면 좋았을 테지만 그날은 공연을 위한 준비를 마치는 데 시간을 모두 썼다. 오전 9시에 들어가서 밤 10시까지 열세 시간 동안 작업했다. 이 시간이 어떻게 흘러갔는지 모를 정도로 시간이 훅 지나갔다. 공들여 준비한 무대를 보며 모두 흡족해했다. 기다리고 기다렸던 공연 날을 기약하고 집으로 돌아갔다.

나와 연주는 집으로 가는 길이 같다. 지하철에서 내려 오랜만에 길을 같이 걸었다.

"그때와 똑같네."

연주가 말했다.

"아, 문학의 밤 때?"

나도 그날이 떠올랐다.

"그때도 이렇게 걸었는데 이번에도 또 걷는다."

"그러게. 이렇게 너와 또 공연을 한다는 게 정말 신기해."

"나도 마찬가지야. 내가 너가 만든 고공모 카페를 어떻게 발견했는지 몰라."

"그것도 운명이다, 운명."

시시콜콜한 이야기를 하며 공연을 앞두고 긴장되는 마음을 떨쳐 냈다. 긴장은 좀처럼 사라지지 않았다. 헤어지기 바로 전에야 내일 공연에 대해 이야기했다.

"근데…… 진짜 내일 극을 올린다는 게 믿기지 않아."

"나도……. 난 아직까지도 내일 공연이 진짜 올라갈 수 있을까 하는 생각이 들어."

내 입으로 말했지만 정말 그랬다.

"내일 실수하면 어떡하지?"

"에이, 설마. 연주 네가 실수를 하겠어?"

"누구나 실수는 하지."

"하지만 실수해도 괜찮아."

"왜?"

"실수조차도 공연이니까."

"그래?"

"응. 전문 배우들도 실수한다고 그랬어. 하지만 그래도 공연을 끝까지 진행하는 게 더 중요한 거 같아. 그러니까 너무 걱정하지 마. 실수해도 끝까지 가면 되니까."

잠깐 서로 말을 멈추고 침묵했다. 연기로 치면 연주보다 내가 더 초보인데, 초보인 내가 도리어 연주에게 힘을 주고 싶었는지 모른다. 연주가 긴장한 모습을 처음 봤기 때문일까. 어느덧 연주가 기운을 찾았는지 갑자기 씨익 웃으며 날 바라보았다.

"내일 잘해 보자."

"그래. 내일 봐."

"파이팅."

"파, 파이팅!"

연주가 웃는 데 조금이라도 힘을 보탰다는 생각에 내 입꼬리도 덩달아 올라왔다.

웃고 헤어졌지만 막상 집에 도착하니 공허했다. 부모님도 내 공연이 내일 올라간다는 것을 알았다. 이 공연을 하지 말라고 열흘 전까지 크게 싸웠던 탓에 집 분위기는 고독하고 어두웠다. 그러나 이제는 돌이킬 수 없는 일. 그 누가 반대해도 이번 공연은 무사히 올리겠다고 다짐하며 잠을 청했다.

드디어 공연 날. 세 시간쯤 잤을까. 분명 여섯 시간은 잘 수 있었는데 세 시간 만에 눈이 떠졌다. 긴장했기 때문일지 모른다. 부모님과 마주치지 않고 나오는 게 마음이 더 편할 것 같아 그길로 집을 나섰다.

공연 날이 되어서야 모두가 모여서 리허설을 할 수 있었다. 시간이 남아 공연장 주변에 공연 포스터를 한 번 더 붙이고 돌아왔다. 공연에 들어갈 준비는 모두 마쳤다.

공연 한 시간 전이었다.

"오늘 몇 명 와?"

"예약한 사람들은 열 명이야."

문수가 대답해 주었다. 첫날 열 명이라. 기대 이상이다. 객석이 텅 비면 어쩌지 했는데…….

공연 삼십 분 전에 우린 한데 모여 파이팅콜을 했다. 지금까지 난 파이팅콜을 두 번 했다. 그리고 이제 세 번째 파이팅콜을 하는 순간이다.

"내가 지금 모두에게 하고 싶은 말은 딱 하나야. 모두 고마워."

이 말이 가장 먼저 나왔다. 그러자 갑자기 울음 섞인 소리들이 터져 나왔다. 다들 여기까지 온 순간들이 스쳐 지나갔나 보다.

"한 대표! 파이팅 넘치게 해야지, 이렇게 분위기를 가라앉게 하면 어떡해!"

연주가 웃으며 말했다. 연주 말이 맞다. 무대를 앞두고 분위기를 띄워야 힘이 나는데, 그래서 파이팅콜은 힘을 줘야 하는데……. 난 그 순간에 고맙다는 말밖에 생각나지 않았다.

"하지만, 정말 고마운걸. 처음에는 이게 될 거라 생각하지도 못했거든. 그런데 사람들이 서른 명 가까이 모이고 지금은 절반 정도만 남았잖아. 지금 남은 친구들도 여기까지 오는 게 얼마나 힘들었겠어. 힘들어도 지금 공연을 올리게 됐잖아. 그래서 그냥 고맙다는 말밖에 안 떠올라."

"선배님, 그래도 파이팅은 해 줄 거죠?"

오순이가 씨익 웃으며 말했다.

"당연하지!"

오순이 덕에 분위기가 다시 밝아졌다. 난 손을 모았다.

"자, 그럼 파이팅하자. 진짜로. 손 모으자."

"응!"

"네!"

모두 손을 모았다. 고공모 팀원들 십여 명의 손이 한데 모였다. 손 모양은 저마다 달랐지만 그 손들은 모두 떨리고 있었다.

"많은 사람들이 우리 같은 십 대 청소년들은 학교 밖에서 공연을 못 할 거라고 생각했겠지만 우리는 해냈다. 그러니까 파이팅은…… 이렇게 하자."

"어떻게요?"

정석이가 물었다.

"내가 '우리는 해냈다' 하면, 모두가 '해냈다!' 하는 거 어때?"

고개를 두리번거리는 모습이 있었지만 모두가 한마음으로 손에 힘을 줬다.

"자, 그럼 할게. 우리는 해냈다."

"해냈다!"

손을 하늘 높이 들어 올리면서 지금부터 해 나갈 도전을 생각하며 마음을 다잡고 '해냈다!' 하고 외쳤다. 정말 놀라웠다. 공연을 앞두고 우리가 뱉은 이 말 덕분에 모두 자신감이 엄청나게 커졌기 때문이다.

마침내 공연 시간이 되자 조명이 어두워지고 공연 시작을 알리는 안내 멘트가 흘러나왔다. 늘 이 순간이 오면 긴장이 된다. 공연 시작 전 꺼지는 조명, 그리고 어두워지는 세계. 온통 어둠으로 가득해질 때, 가장 조용하지만 내 심장은 가장 떨린다.

하지만 이때가 가장 솔직한 나를 알 수 있는 순간이다. 아무것도 안 보이는 어둠 속에서 내 심장소리를 느낄 수 있는 온전히 순간이니까. 이것을 연극에서는 '암전'이라고 한다. 난 그 암전이 좋았다. 암전되었다가 다시 밝아지면 그때부터 연극이라는 세계가 열리기 때문이다.

무대에 올라 암전을 느낄 즈음, 조명이 켜졌다. 드디어 연극이라는 세계가 펼쳐졌다. 눈앞에 보인 것은 생각보다 많은 관객들이다. 십여 명뿐일 줄 알았는데 서른 명은 되었던 것 같다. 찾아와 준 관객들을 위해, 우리들이 직접 기획하고 제작한 〈한여름 밤의 꿈〉 공연을 시작했다.

　드디어 막이 올랐다.

약속

무대에 조명빛이 올라오자 바람소리가 들렸다. 〈한 여름 밤의 꿈〉의 세계가 열린 것이다. 내 눈앞에는 주저앉아 흐느끼는 허미어가 있었다.

"왜 우리를 축복해 주지 않을까요? 이것도 운명 때문일까요?"

허미어는 날 보며 읊조렸다.

"하지만 그 운명도 우리가 바꿀 수 있지 않을까요?"

"라이샌더……."

절망감을 식히려고 잠깐 숲에서 쉬던 찰나, 잠이 들었다.

이때 숲에 연주가 들어왔다. 사람을 첫눈에 반하게 하는 사랑의 묘약을 가진 요정 퍽이 들어온 것이다.

"정말, 오베론 대왕님은 너무하신다니까. 엇갈린 연인을 이 숲에서 어떻게 찾냐고."

그 순간, 퍽이 라이샌더를 보자 멈춰 섰다.

"어라, 대왕님이 말한 사람인가? 디미트리어스?"

퍽은 기쁜 듯 폴짝폴짝 뛰었다.

"그럼 내가 이 묘약으로 디미트리어스와 헬레나를 맺어 줘야겠다. 수리수리마수리."

퍽은 라이샌더의 눈에 반짝반짝 빛나는 사랑의 묘약을 뿌리고 사라졌다.

잠시 후, 숲에 오순이와 민주가 들어왔다. 디미트리어스와 헬레나가 들어온 것이다. 둘이서 한참 동안 싸우는 소리가 들리고, 디미트리어스는 헬레나를 뿌리치고 떠났다.

밤이 더 깊어졌음을 알리는 부엉이 소리가 들렸다. 다시 눈을 떠 보니 내 앞에는 허미어가 아닌 헬레나가 있었다. 그런데 이상했다. 허미어에게 있던 감정이 헬레나에게 옮겨진 것이다. 마법처럼. 결국 헬레나에게 고백을 하고야 말았다.

"라이샌더 대체 왜 이래요? 날 놀리는 건가요? 당신은 허미어와 약혼했잖아요."

"그건 내가 잘못 생각하고 있던 것 같아요. 내가 진실로 사랑하는 사람은 헬레나, 당신이에요."

헬레나는 믿을 수 없다는 듯 날 뿌리치고 떠났다. 하지만 난 마법에 걸린 듯 헬레나를 따라갔다. 모든 것이 뒤틀리기 시작했다.

이때 맞은편 숲에서 화난 표정으로 문수와 연주가 들어왔다. 요정계의 왕인 오베론과 요정 퍽이 나타난 것이다.

"예끼, 이놈. 퍽아! 디미트리어스한테 사랑의 묘약을 써야지, 그걸 왜 라이샌더에게 썼느냐! 훼방 놓으려고 작정했냐."

"죄송합니다, 대왕님. 반드시 돌려놓겠습니다. 우선 디미트리어스부터. 수리수리마수리."

퍽은 펄쩍펄쩍 뛰며 마술봉을 휘두르더니 바람처럼 사라졌다.

하지만 상황은 더 꼬였다. 갑자기 사랑의 묘약으로 변심한 디미트리어스가 헬레나에게 사랑을 고백한 것이다.

"디미트리어스, 이젠 당신도 라이샌더처럼 날 놀리는 건가요?"

"헬레나, 제가 왜 당신을 놀립니까. 제 사랑이 지금 눈앞에 있는데?"

"헬레나는 내 사랑이요. 디미트리어스!"

라이샌더인 내가 나타나 말했다.

"당신들……. 둘 다 지금 날 놀리는 거죠?"

헬레나는 화가 나서 말했다.

"진심을 증명하기 위해 라이샌더라는 제 이름을 걸겠습니다."

"라이샌더, 난 내 목숨을 걸 거야."

디미트리어스가 칼을 뽑았다.

"그럼 결투다. 디미트리어스."

이때, 수풀이 마구 흔들리는 소리와 함께 땅까지 흔들리는 소리가 울려 퍼졌다. 오베론 대왕이 퍽을 끌고 나왔다.

"예끼, 이놈아! 상황을 더 심각하게 만들면 어떡해! 이제 어떻게 할 거야?"

"거의 다 왔습니다요. 다시 라이샌더만 허미어에게 돌려놓기만 하면 됩니다요. 맡겨만 주십쇼."

퍽은 춤추듯 날아올라 하늘을 향해 손을 펼쳤다. 온 세상이 칠흑처럼 어두워졌다.

잠시 후, 어둠이 걷히는 소리가 나 눈을 떠 보니 눈물을 흘리는 허미어가 보였다. 갑자기 마법 때문에 사라졌던 그 뜨거운 감정이 돌아왔다. 이를테면 사랑이. 그리고 저편에서는 이루어지지 않았던 연인인 디미트리어스와 헬레나가 서로 껴안고 있었다. 모든 것이 맺어졌다. 꿈처럼.

무지갯빛이 떠오르듯 숲속 세상이 환해지더니 장난꾸러기 요정 퍽이 나왔다. 퍽은 관객들을 보며 씨익 미소를 지은 다음 인사했다.

"저희 배우들은 그림자입니다. 여러분들을 언짢게 했다면 이렇게 생각해 주세요. 여러분들이 잠시 꿈을 꾸었다고요. 그럼 마음에 평화가 찾아올 겁니다. 모두 안녕히 주무세요. 자, 여러분, 박수 부탁드립니다. 저, 퍽은 다시 찾아오겠습니다."

퍽이 인사를 했다. 연주가 마지막 인사를 한 것이다. 박수 소리가 터져 나왔다. 극장을 가득 메울 정도로.

커튼콜이 시작되자 우리 앞에 보인 건 많은 사람들이 우리들을 향해 박수를 보내는 모습이다. 박수 치는 모습에서 느껴진 게 있다. 바로 우리를 뜨겁게 응원한다는 사실이다.

첫날 공연이 어떻게 지나갔는지도 모르게 어느새 끝났다. 집중하면 모든 것이 눈 깜짝할 새에 지나간다고 하는데 그런 기분을 처음 느꼈다.

커튼콜 인사가 끝나고 우리들은 공연을 찾아 준 손님들을 맞이하려고 극장 밖으로 나갔다. 생각보다 우리를 응원해 준 사람이 많았다. 학교에서도 선생님 세 분이 공연을 보러 와 주었다. 바로 명상의 오후 시간에 나한테 시 읽을 기회를 줬던 방송부 선생님이다. 방송부 친구인 명호도 같이 왔다.

그리고 다른 한 분은 문학 선생님이다. 문학 선생님은 나한테 '희곡은 3대 문학 중 하나'라는 걸 가르쳐 주신 분이다. 그 말을 듣고 축제 때 동아리 활동을 집행하는 선생님을 설득했다. 어른에게 처음으로 도전해 본 일이었다.

마지막으로 양호 선생님이다. 고등학교 2학년 문학의 밤을 끝내고 내 꿈을 찾은 뒤에는 학교생활이 지치고 힘들었다. 학교만 가면 체해서 양호실에 자주 갔다. 마음은 당장 문학의 밤을 하고 싶은데 그러지 못하고 학교에 매여 있었으니 몸과 마음이 불편했다. 그때마다 시인이기도 했던 양호 선생님은 나에게 시를 추천해 주며 마음도 보듬어 주었다.

지금까지 이 공연을 준비하면서 겪은 상처 때문에 어른들은 우리를 응원하지 않을 거라고 생각했다. 하지만 분명히 우리를 응원해 주는 어른도 있다는 걸 깨달았다. 선생님 세 분은 내 손을 꼭 잡아 주었다.

"정말 고생했다."

"너무 고생 많았어."

문학 선생님과 양호 선생님이 잇따라 말했다.

"고맙습니다, 선생님."

"그새 늘었더라. 멋지던걸."

방송부 선생님은 엄지손가락을 들어 '짱'이라고 보여 주었다. 명호도 엄지손가락을 들어올리며 짱이라고 말해 주었다.

학교를 그만두겠다고 말했던 나라서 학교 선생님들께는 응원을 못 받을 거라고 생각했다. 그런데 이렇게 응원해 주는 선생님이 있어서 놀랍고 고마웠다. 어떤 말도 못 하고 눈가에 눈물이 맺혔다. 울지 않으려고 애쓰는 내 모습을 보고 선생님들은 그저 흐뭇하게 웃고 있었다.

"정말 고맙습니다, 선생님. 절대 잊지 않을게요."

할 말은 많았지만 가장 하고 싶은 말은 잊지 않겠다는 말이었다.

"아직은 철들 필요 없어. 마음 가는 대로 해야 해. 알았지?"

양호 선생님이 말씀하셨다.

철이 든다는 것은 어쩌면 현실을 알게 되어, 나한테 주어진 현실에 맞춰 살아간다는 말과 같을 것이다. 하지만 미래는 자기 이상으로 만드는 것이다. 그래서 선생님이 한 말에 고개를 힘차게 끄덕였다.

'절대 철들지 않을 거야.'

지금 하는 것을 앞으로도 해 나가겠다고 마음속으로 굳게 다짐했다.

첫 공연이 올라간 그날 밤 함박눈이 내렸다. 하늘도 우리를 응원해 주는 건가 하는 생각이 들었다. 눈 내리는 밤이 그렇게 아름다울 줄은 몰랐다. 하얀 눈으로 뒤덮인 세상에서 이틀째 공연이 열렸다.

이틀째 낮 공연 관객은 딱 세 명뿐이었다. 그런데 그 세 명은 팀원들의 지인이 아닌 우리 공연 소식을 듣고 스스로 찾아와 준 관객이었다. 우리를 순수하게 찾아 주는 관객이 있다는 사실이 너무 고마웠다. 비록 세 명뿐이지만 더 힘을 내서 공연했다.

학교 축제 때 하는 공연은 거의 대부분 아는 사람들이 공연을 보

러 와 준다. 하지만 이 관객들은 처음으로 돈을 내고 내 공연을 봐
준 관객이다. 우리는 공연을 끝내고 로비로 뛰어나가 인사를 했다.
아무것도 없는 우리를 찾아 준 관객들 마음에 보답하기 위해.

"아이고, 배우님들이 이렇게 나오면 어떡해요."

"고맙다는 말을 드리고 싶어서요."

"정말 잘 봤으니까, 걱정 말고 어서 들어가요. 추워요."

육십 대로 보이는 관객이었다. 정말 나긋하게 우리를 대해 주었
다. 끝까지 존댓말로 우리를 존중해 주었다. 그 순간만큼은 그 관
객들이 우리를 학생이 아닌 배우로 봐 주고 있다는 게 실감났다.

둘째 날 저녁 공연에는 문예부 졸업생 선배님들이 잔뜩 보러 왔
다. 9기 규환 선배와 삼십 대 중후반 선배들이 일곱 명 정도 있었
고, 이십 대는 호진 선배와 재영 선배를 중심으로 십여 명 정도 있
었다. 또 이제 막 이십 대가 된 동휘 선배와 승수 선배도 왔다. 공
연은 함께하지 못했지만 2년 동안 문예부 활동을 뜨겁게 했던 내
동기 성택이와 늘 침착하고 든든했던 후배 상일이도 왔다. 그날은
문예부 선후배들이 객석의 3분의 1은 채워 준 듯했다.

공연을 끝내고 로비로 나가자 동휘 선배가 손을 흔들었다.

"민규야, 여기야."

나도 모르게 선배들에게 뛰어갔다. 문수와 오순이도 선배들을
보자 나처럼 눈물 콧물 다 흘리면서 웃으며 뛰어왔다.

"문학의 밤을 밖에서 할 생각을 한다는 자체가 놀랍다. 새로운 역사의 시작인데."

재영 선배가 자랑스럽다는 듯 미소 지으며 말했다.

"우리 때문인 거냐? 우리 덕분인 거냐?"

호진 선배는 싱겁게 웃으며 물었다.

"둘 다요."

문예부 선배들을 보자 얼어붙었던 마음이 녹아내렸다. 자칫하면 객석이 텅 빌 수도 있었는데 선후배들이 이토록 우리를 응원해 준다는 것 자체가 참 고마웠다. 나에게 문학의 밤을 알려 준 사람들이 어느새 나의 관객, 우리의 관객이 되었다는 것도 참 신기했다.

"이제 네가 선배 같다. 선배."

"왜요?"

"우리보다 문학의 밤을 한 번 더 했잖아."

"아……."

"보통 고1과 고2 이렇게 두 번 하는데 넌 세 번을 했으니까."

"아아! 그러네요……."

승수 선배와 내가 이야기하다가 '이제는 우리가 선배일지도 모른다'고 한 말에 동휘 선배는 강하게 고개를 끄덕였다.

"함께하지 못해서 미안하다."

늘 미안해했던 성택이가 말했다.

"그런 말 하지 말랬잖아."

"맞아. 충분히 고마운걸."

문수와 나, 성택이 이렇게 셋은 서로 부둥켜안았다. 참 따뜻했다. 고등학교 생활을 뜨겁게 불태웠던 유일한 친구들과 이렇게 안을 수 있다는 것이. 옆을 보니 우리처럼 오순이도 동기인 상일이와 부둥켜안고 있었다.

둘째 날 저녁 공연이 끝난 다음 찾아와 준 문예부 선배들과 많은 이야기를 나눴다. 9기 규환 선배가 그때처럼 잔을 올렸다. 당연히 규환 선배는 술, 우리는 음료수였다.

"음, 나는 지금 이 자리에서 이런 말을 꼭 해 주고 싶어. 민규야, 내가 그때 너한테 이 잔은 기적의 예고편이고, 앞으로 수많은 기적이 펼쳐질 거라고 했잖아. 근데 다시 고쳐 말할게. 음…….
너는, 그리고 너와 문수, 오순이가 이룬 기적은 내 생각 이상의 기적이고, 문예부 30년 기적 가운데 그 어디에서도 본 적 없는 기적이야. 축하한다. 기적의 소년들아."

"고맙습니다. 선배님!"

"자, 기적의 소년들을 위하여!"

"위하여!"

뜨거운 응원을 받았다. 그만큼 큰 힘도 얻었다. 정말이지 너무도 큰 힘이었다.

공연은 모두 다섯 번이었지만, 한 회 한 회 다 의미 있었다. 회를 거듭할수록 우리는 성장했고 새로운 것을 발견했다. 이를테면 '이 순간의 소중함'과 그 소중함을 지켜봐 주는 사람들을 향한 '고마움'이다.

마침내 마지막 공연 날이 되었다. 마지막 날도 첫 공연 날처럼 함박눈이 내렸다. 눈이 너무 내려서 관객들이 극장에 오기 힘들면 어떡하지 하는 걱정마저 들었다. 다행히 아침이 되자 어제 내린 눈을 오늘 내린 깨끗한 눈으로 다시 덮은 느낌이었다. 더 깨끗하고 맑아진 세상이 눈앞에 펼쳐졌다. 이제야 진짜 새해처럼 느껴졌다.

팀원들이 모두 모이자 지난 이틀과 다르게 모두들 차분해졌다. 이제 이 꿈같은 시간도 끝이 난다는 걸 알았기 때문이다. 마치 '한여름 밤의 꿈'처럼.

낮 공연을 올렸다. 낮 공연에는 우리를 후원해 준 청소년협회 선생님들이 우리 또래로 보이는 학생들 십여 명을 데리고 왔다. 공연이 끝나자 선생님들은 잠깐 자리를 만들어 그 학생들을 소개해 주었다. 그 학생들도 우리처럼 학교를 벗어나 자기가 하고 싶은 것을 하려는 학생들이었다. 학생 중 한 명이 이렇게 말했다.

"너무 잘 봤어. 우리도 할 거야. 꼭."

처음 보는 친구들이었는데 그 말에 동질감을 느껴서일까. 아니면 그들도 나와 같은 상처를 학교와 사회에서 받은 것이 느껴져서

일까. 난 그 친구에게 약속했다.

"꼭 해. 무조건 응원할 거니까. 약속."

"약속."

인사를 나누고 공연장으로 들어가려는데 낯익은 얼굴이 보였다. 바로 초등학교 때부터 내 이야기를 유일하게 들어 주었던 바이올린 선생님이다. 바이올린은 어렸을 적부터 중학교 3학년 때까지 배워서 선생님과는 십 년 가까이 소통한 사이다.

"선생님, 어떡해요. 정말 고마워요."

"민규야, 아주 좋더라. 정말 고생 많았어."

"아니에요, 선생님."

"부모님은?"

"아마 안 오실 거예요."

선생님은 우리 부모님도 잘 알았고, 내 상황도 잘 알고 있었다.

"이건 끝나고 친구들하고 맛있는 거 사 먹으라고 주는 선물이야."

선생님은 용돈을 담은 봉투를 건넸다.

"고맙습니다……."

"그러니까 민규야, 지치지 말고 더 힘 내. 알았지?"

오랜 시간 봐 왔던 선생님이라서 마치 식구들한테 응원을 받는 것 같았다. 선생님께 바이올린을 배우며 중학교 때는 관현악반 활동을 하기도 했다. 고등학생이 되어서는 문예부 활동을 하게 되어 죄송한 마음이었는데 선생님은 오히려 그런 날 더욱 응원해 주었다.

드디어 다음 공연을 준비하기 위해 극장에 들어왔다.

"자, 이제 막공 준비하자!"

'막공'은 마지막 공연을 뜻한다. 팀원 중 한 명이 이 말을 꺼낸 순간, 우리는 공연이 정말 한 번밖에 남지 않았다는 것을 깨달았다. 한순간 조용해졌다. 침묵 속에 우리는 막공이라고 불리는 마지막 공연을 맞이했다. 각자 자기 자리에서 준비를 했다. 배우들은 몸을 풀거나 입을 풀고, 대본을 다시 확인하고 무대를 밟아 보았다. 스태프들은 무대 기기와 온도를 확인하고 로비를 확인했다. 첫 공연 때는 이 모든 것이 다 낯설었지만 어느새 사흘째, 다섯 번째 공연이 되니 이 모든 것이 익숙해졌다. 오히려 내일이 되면 극장에 안 나온다는 사실이 낯설게 느껴졌다.

막공을 알리는 안내 멘트가 나갔다. 우린 무대로 나갔다. 드디어 조명이 켜지며 무대가 밝아졌다. 그 순간 놀랐다. 객석이 가득 차 있었다. 우리는 새로운 힘이 생겼다. 지금까지 공연을 네 번 하는 동안 객석이 다 찬 적은 없었다. 그런데 마지막 공연은 만석이었다. 마치 십 대 청소년인 우리들도 '할 수 있다'는 것을 보여 준 느낌, 또는 증명한 느낌이었다. 믿을 수 없을 정도로 온몸에 힘이 솟아났고, 그 힘으로 마지막 공연에 들어갔다.

마지막 공연이 달랐던 것은 모두가 자기가 하는 대사의 의미를 하나하나 곱씹으며 뱉었다. 한 글자라도 소중히 관객들에게 전달하기 위해. 그래서 이 공연의 내용을 온전하게 느끼게 하기 위해. 팀원들과 약속하진 않았지만, 우리에겐 이 순간이 마지막이기 때문에 후회 없는 공연을 보여 주자고 약속했다. 그래서인지 지난 공연보다 더 가슴이 뜨거웠고, 네 연인의 사랑이 맺어지는 장면에서는 연습할 때 목표했던 눈물까지 저절로 나왔다. 마구 쏟아졌다.

그래서였을까. 공연이 끝나고 커튼콜 인사를 하는데, 관객들이 보내는 박수가 끊이지 않았다. 하지만 난 알았다. 지금 이 박수는 우리가 잘해서가 아니라 우리의 도전을 응원해 주고 싶은 마음에 치는 박수라는 것을. 그렇다 해도 그 박수에 우리들은 모두 눈가가 촉촉해졌다.

극장 밖으로 나가 우리를 찾아 준 분들과 관객들에게 인사를 하려는데, 거기서 부모님과 형을 만났다. 내 공연을 보러 와 준 것이다. 기대조차 하지 않았는데 나를 보러 와 주었다는 게 참…… 감사했다. 부모님은 이 공연을 그렇게 반대했기 때문에 안 오실 줄 알았는데……. 막상 공연장에서 부모님을 만나니 내가 정말 작아진 기분이었다.

"고생했다."

부모님은 한마디 말을 건네고 집으로 돌아갔다. 고생했다는 이 말에 나는 어떤 대답도 하지 못했다. 그저 눈빛으로만 '고마워요'라고 말했을 뿐이다.

고공모 팀원들은 저마다 인사를 마치고 극장에 다시 모였다. 이제서야 정말 길고도 긴, 고된 항해가 끝났다. 우리는 서로를 부둥켜안았다. 한참 동안. 울기도 하고 웃기도 하며, 잠깐이나마 우리만 극장에 있는 이 시간을 만끽했다.

"정말 끝났네……."

연주가 말했다.

"그러게."

내가 대답했다.

"나 가기 싫어."

"나도 여기 더 있고 싶어."

민주와 정석이가 눈물을 글썽이며 말했다.

"근데 어떡해. 이미 끝난걸."

연주의 말에 모두 눈물이 터져 나왔다. 어느 때보다도 기뻤지만 그다음 더 크게 찾아온 감정은 이 순간을 떠나보내고 싶지 않다는 감정, 그 감정이다. 정말 행복한 그 감정은 무서울 만큼 깊이 생각할 시간을 주었다. 하지만 만남이 있으면 이별이 있듯이, 우리는 공연과 서로 이별할 준비를 해야 했다. 한참을 운 뒤에 감정을 추스를 수 있었다.

"다들 지난 3개월 동안 너무 고마웠어."

내가 인사를 건넸다.

"정말 모두 고생 많았다."

"다들 너무 고생 많았어요."

문수와 오순이도 이어서 말했다.

"비록 공연은 끝났지만, 우리 연락 계속하자! 약속?"

마지막으로 연주가 말했다.

"약속."

내가 대답했고 모두가 입을 열었다.

"약속!"

이 약속이라는 말이 빈 극장을 가득 채웠다. 세상의 모든 공허를 잠식시킬 만큼.

20년이 지나도 나는 그 시절 그대로 꿈을 꾼다

극장에서 마지막 인사를 그렇게 나누었다. 그 뒤로도 고공모 팀원들과 여러 이야기가 오고 갔다. 우리가 다 큰 어른이라면 '쫑파티'라는 걸 했을 텐데……. 공연이 끝났을 때 이미 밤 10시였고, 극장을 정리하니 밤 12시가 넘었다. 모두들 택시를 타고 집으로 돌아가야 해서 쫑파티를 할 생각조차 못했다. 하지만 그 어떤 쫑파티보다도 우리가 극장에서 함께한 그 두 시간은 낭만적이었다.

모든 뒷정리를 하고 헤어지려는데 이 극장을 후원해 준 청소년협회 선생님이 우리 공연을 촬영한 영상을 건네주었다.

"선물이에요. 갖고 있으면 언젠가 도움이 될 거예요."

그 영상을 받자마자 심장이 쿵쾅쿵쾅 뛰었다. 우리는 촬영할 생각조차 못했다. 이런 자료를 만들어 놓는다는 것이 얼마나 중요한 일인지 모르기도 했다. 정말이지, 그 영상은 그 뒤로 수십 번을 봤다. 어쩌면 수백 번일지도 모른다. 우리가 공연했던 그 순간을 느끼고 싶을 때마다 봤으니까.

'고딩만의 공연 모임'은 다시 만나자는 약속을 하고 헤어졌다. 정말 그날이 마지막이었던 친구들도 있었고, 한두 번 정도 더 보고 못 만난 친구도 있었다. 물론, 오랫동안 본 친구도 있으며, 스무 해가 지난 지금도 만나는 친구가 있다.

그렇더라도 고공모를 함께 한 식구들은 언제라도 다시 만나면 그 누구보다도 반갑게 인사할 수 있다. 그 친구들은 20년 전 그 순간 '기적'이란 것을 같이 봤던 동료들이기 때문이다. 아니, 기적을 같이 만들어 낸 동료들이라는 표현이 더 알맞겠다. 여기서 말하는 기적은 꿈을 향한 도전으로 내가 할 수 없었던 것을 할 수 있는 존재가 되는 것이다.

2003년 1월 3일부터 5일까지 다섯 차례 열린 고딩만의 공연 모임의 공연을 끝마치고 나는 부모님의 바람대로 고등학교를 졸업했다. 그때 부모님이 공연을 보러 오지 않았다면 내가 학교를 졸업할 일은 없었을 것이다. 이건 틀림없다. 부모님은 내가 고등학교를 꼭 졸업하기를 바랐다. 어쩌면 처음으로 내 뜻이 아닌, 부모님의 뜻을 이루어 주려고 고등학교를 졸업했다.

부모님께서 고공모 공연을 보러 왔으니 하는 말이다. 고공모 첫 공연 날 새벽 내가 집을 나설 때 분명히 부모님은 깨어 있었을 것이다. 나보다 부모님이 더 나를 걱정했기 때문이다. 지금 생각해 보니 깨어 있었어도 날 막지 않았던 것이 어쩌면 부모 마음이 아닐까 하는 생각이 든다.

고등학교에서 남은 일 년을 보내는 동안, 나는 '내 뜻대로' 학교를 다

넜다. 부모님도 막지 않았다. 어쩌면 막을 수 없었을 것이다. 그래서 나는 고등학교 3학년 때, 우리 학교에 '새로운 공연 문화'를 만들어 보겠다는 생각으로 '연극부'를 만들었다. 3학년은 동아리 활동을 금지한다는 규율을 깨 버렸고, 나 같은 학생들이 또 있을지도 모르니 무작정 해보기 시작했다.

보수적인 학교라 새로운 동아리를 만들기 위한 조건도 까다로웠다. 그건 바로 학교 선생님들에게 과반수 이상 동의를 얻는 것이었다. 나는 선생님들의 동의를 얻었고 끝내 연극부를 만들었다. 또 서울시에 연극부가 있는 학교 십여 군데와 함께 모여 당시 우리에게 필요한 것은 무엇일지 소통하는 자리를 만들었다.

물론, 난 문예부였다. 어찌 보면 문예부 학생들이 쓴 글이 무대 위로 올라가기 위해, 함께할 동료들을 만나기 위해 연극부를 만들었다는 게 더 솔직한 표현일 것이다.

남들이 말하는 수능 공부나 입시 공부를 고등학교 3학년인 나는 전혀 하지 않았다. 그 대신 수업이 끝나면 바로 '현장'으로 달려갔다. 수도 없이 공연을 보았다. 방과 후, 나만의 시간을 갖는 데 최선을 다했다. 그 시절에만 느낄 수 있는 낭만을 찾는 데 최선을 다했다. 입시라는 것에 휘둘리지 않고 내가 나를 찾아가는 여행을 그때부터 시작했다.

그리고 20년이 지났다. 지금의 나는 어떻게 살고 있냐고?

큰 변화는 없을지 모른다. 하지만 현실과 타협하지 않는 글을 쓰고 연출하는 공연예술가로 살아간다. 극작과 연출가로 등단하고 입봉을 한 지는 십 년이 넘었다. 그 20년 동안 정말 아프지만 즐겁고도 치열하게 공연 작업을 했다.

또 공연예술 겸임교수로 대학에서 8년째 학생들을 가르치고 있다. 어느새 나도 선생이 되었다. 학생일 때는 선생님에 대한 거부감이 많았는데 그런 내가 선생이 되어 있다. 이건 분명히 그 시절 나에게 좋은 영향을 준 어른도, 선생님도 있었기 때문이다.

그 시절 나에게 큰 힘이 되어 주었던 선생님을 밝히고 싶다. 바이올린 선생님인 이민수 선생님, 양호 선생님인 성근석 선생님, 국어 선생님이자 문학 선생님인 유은희 선생님, 그리고 음악 선생님이었던 김준수 선생님, 비로자나 청소년협회의 홍현정 선생님, 그리고 홍현정 선생님 옆에 있던 이름은 모르지만 항상 환하게 웃어 주던 선생님…….

난 그 시절 느낀 우리의 '반역'을 인정하지 않는 어른이 아닌, 언제라도 청소년들의 꿈을 향한 도전에 'KO'를 당할 어른으로 서 있다. 한편으로는 이건 어른이 아닐지도 모른다. 왜냐고?

내가 꿈꾸는 어른은 바로 '소년 같은 어른'이기 때문이다. 소년 같은 어른이 무엇인지는 그 시절 내가 쓴 시로 답해 보겠다. 십 대 청소년이었던 그 시절, '내가 되고 싶은 나'에 대해 쓴 시가 있다. 고공모를 만들고 문학의 밤 〈한여름 밤의 꿈〉을 준비하면서 쓴 시다. 이 시로, 그 시절 이야기를 매듭짓겠다.

내가 되고 싶은 나

'내가 되고 싶은 나.'

나는 2년 전 오늘과 같은 날 이 자리에 섰다.

나는 2년 전 꿈이라는 친구를 만났고 그 꿈은 내게 이름을 붙여 줬다.

기적이라는 이름을.

나는 기적이라는 이름을 가진 채 지금 이 자리에 서 있다.

하지만 바깥세상은 기적이라는 이름을 가진 나를,

적막한 어둠 속에 가둔 채 꿈이라는 친구를 모조리 잘라 버렸다.

바깥세상의 이름은 바로 '어른'이었다.

내가 되고 싶은 나는

바깥세상을 깨부술 어른이다.

내가 되고 싶은 나는

꿈이라는 친구를 쓰다듬어 줄 어른이다.

내가 되고 싶은 나는

기적의 바람을 지켜 줄 어른이며

내가 되고 싶은 나는!

소년이라는 자의 꿈을 그 어떤 편견도 갖지 않고

적어도 청출어람, 더 나아가자면 세상을 같이 바라보는 협력자로서 세상이 소년들에게 등을 돌린다 할지언정 화살받이가 되어 주는 어른이다!

내가 되고 싶은 나는!

본질도 모르고 더 많은 나이로, 더 나은 사회적 성취 하나만으로

소년을 부리는 어른이 아니며,

그런 어른들을 무장하고 있는 '알'이라는 세계를 깨부술 어른이다.

내가 되고 싶은 나!

내가 되고 싶은 나!

내가 되고 싶은 나!

보리 청소년 14

너섬남고 문예부 소년, 연극 무대로 빠져들다

2023년 5월 22일 1판 1쇄 펴냄 | 2024년 4월 19일 1판 2쇄 펴냄

글 한민규

편집 박은아, 이경희, 임헌 | **교정** 김성재
디자인 이종희
제작 심준엽
영업마케팅 김현정, 심규완, 양병희 | **영업관리** 안명선
새사업부 조서연
경영지원실 노명아, 신종호, 차수민
인쇄와 제본 (주)천일문화사

펴낸이 유문숙 | **펴낸 곳** (주)도서출판 보리
출판등록 1991년 8월 6일 제9-279호
주소 (10881) 경기도 파주시 직지길 492
전화 031-955-3535 | **전송** 031-950-9501
누리집 www.boribook.com | **전자우편** bori@boribook.com

보리는 나무 한 그루를 베어 낼 가치가 있는지 생각하며 책을 만듭니다.

ISBN 979-11-6314-296-6 43810